文學叢刊

古晟著

迷情·奇謀·輪迴

——我的中陰身經歷記（三）

文史哲出版社印行

國家圖書館出版品預行編目資料

迷情．奇謀．輪迴：我的中陰身經歷記．三 /
古晟著. -- 初版. -- 臺北市：文史哲，民
98.10
頁： 公分. --（文學叢刊；227）
ISBN 978-957-549-870-2 (平裝)

857.7　　　　98018365

文學叢刊 227

迷情・奇謀・輪迴

── 我的中陰身經歷記（三）

著　　者：古　　晟
出 版 者：文 史 哲 出 版 社
http://www.lapen.com.tw
登記證字號：行政院新聞局版臺業字五三三七號
發 行 人：彭　正　雄
發 行 所：文 史 哲 出 版 社
印 刷 者：文 史 哲 出 版 社
臺北市羅斯福路一段七十二巷四號
郵政劃撥帳號：一六一八〇一七五
電話886-2-23511028・傳真886-2-23965656

實價新臺幣三〇〇元

中華民國九十八年（2009）十月初版

ISBN 978-957-549-870-2　　08227

迷情・奇謀・輪迴
我的中陰身經歷記（第三集・完結篇）目次

33 濱死經驗歷歷實證　因果輪迴乘願無掛

地球年公元二〇二二年二月十日晚上八點正，我和安安在中國杭州西湖畔，走進生命輪迴的一個轉折點，一般通俗語言稱「死亡」。

這也是所有有情眾生必須通過的門徑，由此而通向另外的生命形態。凡夫不敢面對死亡，故多感到痛苦；有修行的禪者，以平常心看待死亡，甚至知道未來將往何處去？故感「寂滅爲樂」。

在前輯寫到「生命輪迴暫告一段，中陰身往無間地獄」，因是簡述的結尾，尚未論述濱死經驗這部份，這是很值得道出給世人聽的。因爲世間這種親自進行過的「實證」，並不多見，且世人疑惑最多。

這一刻，我和安安就在自己軀體的上方，或靠近醫生和護士，注視著他們對自己軀體進行各種急救。我聽到醫生宣佈死亡的聲音……

但，另一個醫生（應是主任）說：「還沒到，再看看，不要過早宣佈……」那聲音拉的很長很長，拉成一幕幕遙遠的影幕，快速的閃過……

童年，從未想到過的，甚至早已忘記的，一一閃現，清晰且快速，我和愛愛、孩子們，都一閃而逝……

我和安安在T大認識、甜蜜的時光……黑龍江、杭州、普陀山……重回世間，二〇七九年……雲遊四海的禪者，啊！多麼奇妙，一幕幕的生命回溯，爲甚麼以禪者生活最爲清晰，速度也慢了下來，我和高僧的幾段會面談話。

一個黃昏，我在江蘇大覺寺和一位高僧閒聊。

「請問大師，你生命中有沒有那一天是最重要的？」只是閒聊，我偶然這樣問。

「今天是生命中最重要的。」大師不假思索答道。

「是不是今天有大事情？」

「不是。」

「那今天爲甚麼是最重要的？」

「即使今天沒有任何事，只有我們在這閒聊，今天仍然是重要的。因爲今天是我們確定所能擁有的，昨天以前的任何事都過去了，頂多讓你回憶。而明天不論有多大的希望，可能帶來多少燦爛輝煌，它都還沒有到來。你看！今天不論多麼平淡，確實在我們手裡，由我們自己支配。」高僧這麼說。

啊！給我很大啓示，以後的日子我總把握今天。

又回溯到一幕，一個夜裡，在南京棲霞寺。

一個長者，每天都活的很快樂、充實，又有做不完的工作，每日樂在其中，我問：

「長老，你每天做這麼多事，又活的這樣快樂，有沒有甚麼密訣？」

長老說：「我總是假設今天是生命的最後一天，就會珍惜今天，完成一天的工作。因爲，過了今天就沒了，沒機會做，想愛的不能愛，想做的事不能完成……想到這裡，你就會把握今天。

「我總是把握今天，完成心中想做的事，我也享受今天，你看，這夜裡多麼寧靜，我們多麼有緣。但等一下，我們上床睡覺，也許從此不會睜開眼睛，不再重返人間。」

長老之言對我有影響，因爲後來我也總把今天，當成生命中的最後一天。

又一回，在河南少林寺，我和一位老禪師閒聊。我請教：「如何自己快樂，也讓別人快樂？」

禪師笑道：「說簡單只不過四句話，說難嘛，要用一生時間才能擺正自己和別人的關係。」

我滿懷虔誠地聽著，期待得到眞理的樣子。

禪師說：「第一句話是：把自己當成別人。」禪師說著，停留片刻，微笑，接著說：

「第二句是把別人當成自己，第三句把別人當成別人，第四句把自己當成自己。」

我思索著，確實是智慧之言，但此刻神識中似乎感受到一種聲音，「還不算死亡——」，管他死不死！我的神識對自己的軀體爲甚麼沒有一絲留戀呢？我生前（生時）聽到的瀕死經驗，或聞高僧說法，都說神識（魂魄）是盡可能會回到自己軀體，以求甦醒而活在世間。

神識雖不想回到軀體，卻似乎仍有些不捨，到底是那些事讓我放不下。頃刻，回溯的影幕呈現在眼前，神識所在是很久以前的禪宗祖庭之旅……

到廣東華林寺祖師殿向達摩祖師頂禮，在南華寺六祖眞身像前禪坐；到河南白馬寺駐足，在龍門石窟與盧舍那佛神交；到安微司空山二祖無相禪寺靜思，在天柱山三祖乾元禪寺參與法會，在佛光禪寺參禪，到湖北正覺寺向四祖道信頂禮，在東山寺聽五祖弘忍說法……

正聽五祖說法，聲音忽然「斷訊」，傳來一個我熟識的聲音：

「李先生，快隨我到無間地獄報到。」啊！是張美麗的呼喚，我立刻用我的意識傳「意」給她說：

「再給我一點時間，我很快結束了。」另一個景像立即呈現。

原來我到了江蘇宜興大覺寺，這裡是禪宗臨濟宗道場，也是我師父星雲大師剃度處，我怎能不來最後巡禮呢？接著到棲霞寺遊千佛岩，與茶神陸羽論中國茶道。之後，還想神遊一趟「神州五方五佛」：東方靈山大佛、南方天壇大佛、西方樂山大佛、北方雲岡大佛、和中原龍門大佛，共佑神州眾生。

瞬間，我的神魂回到西湖醫院，我很接近自己的軀體，就在醫生和護士之間，麻木的表情看著自己。

終於，醫生宣佈：李明輝先生和黃安安女士，因心臟衰竭，急救無效，宣佈死亡。現在時間二月十日晚上八時正。

當醫生宣佈死亡，接著另一個聲音傳來，我們聽到張美麗的呼喚：

「李先生和夫人請隨我至無間地獄報到。」

現在，我眞覺得最輕鬆，像是了無罣礙，或許現在才叫「解脫」，眞正解脫了，隨著張美麗走在一條光明大道上。根據有關死亡的實證論述，有一類死亡者，死亡後感覺身體進入光明世界，心中喜悅，望見金光燦爛，此一類是行善者，或唸佛行佛與佛有緣者。

另一類死亡者，感覺進入黑暗世界，墮入黑暗深淵中，深不可測，旋轉下墜，永不見底，接著見到牛頭馬面夜叉，鬼王……刀山……火獄……是屬不仁不義、分裂族群、殺孽多者，貪腐惡毒等等。

現在我和安安隨著地藏王派來的使者張美麗，正走在一條光明大道要前往無間地獄。張美麗邊走邊解釋說：

「行惡之人因業招感，前往地獄的旅程是黑暗、痛苦的，但你二人是應聘到地獄教育重刑犯人，是一種功德，也是善行，所以招感影像完全不同，是光明的。」

確實，我們雖要前往地獄，但看到的景像是光明，心情也是輕鬆愉快的。在佛經裡曾描述六種這類死亡的「感覺」。

死如出獄：死亡好像從牢房中釋放出來，不再受種種束縛，得到了自由，軀體即如牢獄，聚集苦難於一身，也苦空一生，只有到死才解脫。

死如再生：輪迴的大道上，生生死死，死死生生，「譬如從麻出油，從酪出酥」，死亡不是一切都結束，而是另一種生命的開始。

死如畢業：生的時候要經過種種考驗，一關關過，都過關了，才慢慢功成立業，如同在學校念書，經常要考試。都及格了，終於畢業，死亡就是畢業了。

死如搬家：有生無不死，死亡只不過「身體」這個暫時的家腐壞了，搬到心靈高深廣遠的家。如「出曜經」上說，「鹿歸於野，鳥歸虛空，眞人歸滅」。

死如換衣：死如脫掉一件穿破的衣服，再換一件新衣裳一樣。「楞嚴經」說：「十方虛空世界，都在如來心中，猶如片雲點太清」。一世紅塵，種種閱歷，都是過眼浮雲，說來只不過一件衣服而已。

死如新陳代謝：衆生身體組織每天都在新陳代謝，舊的細胞死去，新的細胞才能長出來。生死也像細胞的新陳代謝一樣，舊去新來，才能綿延不絕。

這六種死的「感覺」，我像那一種呢？好像都有。但也像回家、換新工作、旅行或到神秘地點度假。沿途張美麗還講了一段很有震憾、啓蒙的故事，而且是眞實才不久的故事。

地藏菩薩慈悲，爲教育地獄中的重刑犯，親自前往三界禮請大師到獄中擔任教席，或長期教授，或短期研習。不久後有一位蔣介石先生來自無色界，他將有一場精彩的講演。張美麗要講的是，有一位叫慧嵬禪師來任教職有一段時間了，他親自碰到的故事。

慧嵬禪師上完課回房休息，正在參禪打坐時，出現一個無頭鬼在座前，禪師一見就說：「這是甚麼東西？怎麼沒頭呢？其實，沒頭也很好，以後就不會頭痛，也不會胡思亂想，眞是好舒服！」那無頭鬼聽了，頓時消失。

又有一次，出現一個沒有身體，只有手腳的無體鬼，慧嵬禪師又說：「你沒有身體，就不會有五臟六腑的疾病，也沒有這許多痛苦，這是何等幸福！」無體鬼一聽，也消失的無影無蹤。

有時無口鬼現身，慧嵬禪師就說：「沒有口最好，就不會惡口、兩舌、妄言、綺語，不會因語言造業而受罪，更不會禍從口出。」

無眼鬼現身時，他說：「沒有眼睛最好，免得看了心煩。」

無手鬼現身時，他說：「無手最好，就不會偷竊打人，不會做壞事。」

張美麗告誡說，「地獄就是地獄，鬼最多。」一般人或修行不足者，看到鬼都會慌張、恐怖，何況看到無頭鬼、無體鬼等。但像慧嵬禪師這種修行境界，表示他已達到聖人佛心的層級，能將禍視爲福，能轉迷爲悟，轉穢爲淨，就是鬼也畏懼而不敢去擾亂他。所謂「聖人轉心、凡夫轉境」，所謂「相隨心轉、境由心造」，正是同理。無論我們碰到怎樣的「客觀景像」，就是魔鬼、鬼王，也不須害怕，只要能以心來轉境，不爲外境所轉；這便是禪心最大用途。

當我正和張美麗談禪時，突然感到整個神識「靈氣飽滿」，且容光煥發，信心十足的向前邁進。啊！原來是我在陽世的師兄弟姊妹、杭州西湖佛教協會朋友們，正爲我和安安進行「中陰身」教育，一連串超薦法會、助念等。

佛力超薦法會目的即冥陽兩利，同時也是知恩、報恩的一種表達。親人往生後要如何報恩？佛法中的方便法門就是做超薦法會。超薦是一種上對下的關懷，對上是「孝」，對下是「慈悲」。

然後，要如何得到超薦的利益呢？就在運用我們這念「心」，一個是「恭敬心」，對三寶、對法、對出家衆要恭敬，有了恭敬心就能產生功德。第二是「孝心」，有孝心，有恭敬心自然因緣和合，能產生不可思議的功德果報出來。經言：「人有誠心，佛有感應」，有了「誠心」，確實能用心念把佛法的功德送給亡者，如此即能盡孝道，又能報恩，自己也能得利。在「地藏經」提到，七分功德中亡者得一分，陽世之人得六分，此乃冥陽兩界之眞理，亦爲宇宙各界、各天，恆久不變之眞理，在地藏經多所論述，待我正式任職再好好有系統的講說。正是「寶掌禪師辭世偈」說的好：

本來無生死，今亦云生死；
我得去住心，他生復來此。

死亡並不是生命的結束，相反的卻是一個新的開始，若逢人世親戚朋友塵緣均已了，即將往生另一個新世界，往生者應有「寂滅爲樂」的修爲，以示此生修佛行佛的「最高水平」。而陽世送行之諸親友，也應放下一切，誠心正意爲其助念佛號，幫助往生者提起正念，安詳辭世，超脫生死，此爲最有效的「中陰身教育」。

當然，人終究是人，自古以來能修成「有道大德」，畢竟是少數，遑論成佛做主。一般凡夫，或有點人生修爲，乃至對佛教有些認識的人，絕大多數臨終時，因對世間有情及財寶等放不下，心中難免感到煩惱、痛苦、恐怖等等，更是六神無主了。這時旁邊有人爲其助念，將面臨往生者聽到佛號，心便能安定下來，也跟著唸佛，心中的恐怖痛苦等境界，很快能轉過來，如果最後一念在念佛中往生，其中陰身會很順利，很快超生到天上或淨土。

前往無間地獄的途中，我和張美麗聊著，安安倒是沉默許多，只是跟著走。三位行者的模樣，完全不像一般往生者判定要前往地獄的樣子。

張美麗表示，一般前往地獄是因生前罪業所感，由黑白無常接引（捉拿），示現景像就是陰深恐怖的，那些幽魂都是不情願的，痛苦的。而我們就不一樣了，雖未必是地藏王的貴賓，至少也是重刑犯的教席，所以也得到不少禮遇方便，這一段「黃泉路」完全可以感受得到。

至於眞正的貴賓，地藏王會親自接待。據張美麗說，各界聖王都會設法邀請來，爲地獄中的各類罪犯講授課程。目前已敲定的有文天祥、岳飛、孔明、鄭成功和蔣介石，他們是民族英雄，也是六道衆生的典範，必能對地獄中的罪犯有大助益。

正在邀請的有星雲大師、維覺和尚、聖嚴和證嚴法師。未來若因緣許可，地藏王還打算邀請禪宗初祖達摩、二祖慧可、三祖僧璨、四祖道信、五祖弘忍、六祖惠能等前來地獄講經說法，可見地藏王用心良苦。

至於張美麗現在是甚麼身份呢？據她描述，約是「無間地獄重刑教育部門的首席主任」，問她「爲何一直留在地獄？」

「我的因緣在地獄，地藏菩薩都能長留地獄，我爲甚麼不能更深一層到無間地獄？」她說的可輕鬆。

聊著、聊著，就到了「奈何橋」，不像往昔所見充滿苦楚憤怒的奈何橋，簡直是燦爛美麗的橋，只是四周太安靜了。此後，我和安安在無間地獄擔任啓蒙教師，而所謂的任職六百年，是陽世的地球年，以地獄時間換算，大約是三年多。

有關地獄、無間地獄及其他詳請，下輯再說。這些並非我「已知」的事情，而是我在無間地獄待了那麼久，慢慢知道、印證過的事情。

正當快到地獄時，我忽然問張美麗：

「你在地獄還要待多久?何時再出生?」

「下一生的地點和形態，是依過去所造的業而決定，過去的業如果成熟，會在六道中擇一而生，業報又盡時，又再出生另一種生命形態。這種因果輪迴原因很複雜，但我相信我有地藏王的願力，遲早可以解脫生命輪迴，經涅槃而達永生。但目前我仍不想離開地獄。因爲有我可以奉獻綿薄之處，何況地獄還有這麼多罪犯，他們都須要啓蒙和再教育，倒是你們，地獄教席結束，功德無量，定是投往天堂或極樂世界，你們好自爲之。」張美麗說完這段話已到地獄大門口，她提醒我們，進門後一切都得照規矩來，不論何種身份。

是啊!前往天堂或極樂世界，那她爲甚麼不想離開地獄?一個小女子竟然對地獄有興趣，只能說人各有志吧!

34 無間地獄到底何處？容我說明白講清楚

地獄在那裡？要從宇宙論說起，否則很多不智的「鐵齒」總不相信，我們所住這個地球是太陽系的一個行星，這是一個世界。

但太陽系不過是銀河系內，數千億個類如太陽的星體之一，而銀河系也不過虛空宇宙內已知千億個「星雲漩系」之一。可見有形物質世界是無量的，彌陀經說：「過十萬億佛土」，才到極樂世界。

再者，宇宙至少有十度空間，每一空間都是一種獨立世界。法華經上說：「彼佛滅度已來，甚大久遠，譬如三千大世界所有地種……過於東方千國土乃下一點，大如微塵……一塵一劫……」正說明的世界存在多度宇宙之中，不生不滅。而我們人類所居所知，只是一個小小的世界。

更多的大世界，佛經常用「廿八重天」、「無量諸天」、「三千大世界」、「十萬億佛土」……而不管那一個世界，都在生老病死、成住壞空的不斷輪迴中。在每個星球、世界、空間，時間都是不同的，這已是現代科學的基本常識。佛經提到人間五十年抵四天王天一晝夜，而人間一千六百年抵「他化自在天」（欲界第六天）也是一晝夜，各個世界時間的不同並可換算。

大科學家愛因斯坦曾說：「世間所有宗教，經得起科學檢驗的，只有佛教。」可見佛教的科學性，佛教也是所有宗教中屬「無神論」的教派。

由上講解，大概可了解地藏菩薩所言「地獄」，並非我們腳踏的地底下（若然，地震豈不眞是地牛所使。）。地獄泛指宇宙間某一星系的空間，或某度空間，前面提到宇宙有多種空間，這些空間若以人世的物質世界也許不能進入，因爲物質受空間限制。

但生命在「人」這階段結束後，其物質肉體寂滅，成爲一種能量（即神識、魂魄等），便能進入不同空間，到達不同世界。「地藏菩薩本願經。忉利天宮神通第一」有段話：

時婆羅門女問鬼王曰：此是何處？無毒答曰：此是大鐵圍山，西面第一重海。聖女問曰：我聞鐵圍之內，地獄在中，是事實不？無毒答曰：實有地獄。

聖女問曰：我今云何得到獄所？無毒答曰：若非威神，即須業力，非此二事，終不能到。

這裡說的「鐵圍山」，應指宇宙間某一星系，構成要素以鐵爲主，亦存在某一度之空間中，要前往這個地方，肉體的物質形態（人的生命）是不能到達的，因物質受空間限制。按無毒鬼王之言，只有威神和業力能到達，威神如佛、菩薩之力，業力是自己的「業」所招感，這二者都在解釋，「非物質形態的生命」才能進入地獄，所以說人「死」後，成爲「識」，始能進出各種空間。木願經又云：

聖女又問：此水何緣，而乃涌沸，多諸罪人及惡獸？無毒答曰：此是閻浮提造惡眾生新死之者，經四十九日後，無人繼嗣，爲作功德，救拔苦難。生時又無善因。當據本業所感地獄，自然先渡此海。海東十萬由旬，又有一海，其苦倍此。彼海之東，又有一海，其苦復倍。三業惡因之所招感，共號業海，其處是也。

「由旬」是距離單位，「閻浮提」是人的世界。聖女問鬼王：「海水爲甚麼湧沸？

又爲甚麼這麼多罪人和惡獸？」

無毒答說：「在閻浮提世界，造惡作業的衆生，新死之人，經四十九天，無人繼嗣爲他做功德，活的時候又沒有行善的因緣。根據他的惡業，招感到他自己應去的地獄，必定先經過這第一重海。共有三重海，都是衆生三業（身、口、意）惡因所感召，共同的名號，叫業海。」

三海之內有各種地獄（在地獄參訪簡報已講），不再重述。現在講無間地獄的情景，據「地藏經・觀衆生業緣品第三」說：

> 無間獄者，其獄城周帀八萬餘里，其城純鐵，高一萬里，城上火聚，少有空缺。其獄城中，諸獄相連，名號各別，獨有一獄，名曰無間。

這是講閻羅王城的情景，獄城又大又多，其中一獄叫「無間」。經文說的「其城純鐵」，我們知道宇宙間各星系，各種空間，必有其的組成要素，應指無間獄所在的世界以鐵元素最多。經文又曰：

其獄周帀萬八千里，獄牆高一千里，悉是鐵圍。上火徹下，下火徹上。鐵蛇鐵狗，吐火馳逐，獄牆之上東西而走。獄中有床，遍滿萬里。一人受罪，自見其身遍臥滿床；千萬人受罪，亦各自見身滿床上。眾業所感，獲報如是。

無間地獄牆高一千里，上下全是火，鐵蛇鐵狗，吐出火來，驅馳追逐。獄中的床遍佈一萬里，一人受罪，能自己看見自己的身體，遍臥所有的床，千萬人受罪，也各人自己瞧見自己身體臥滿床。因為衆業感召，得到共同的報應。無間地獄苦刑有多少種？經文曰：

又諸罪人備受眾苦。千百夜叉，及以惡鬼，口牙如劍，眼如電光，手復銅爪，拖拽罪人；復有夜叉，執大鐵戟，中罪人有，或中口鼻，或中腹背，拋空翻接，或置床上。復有鐵鷹，啗罪人目。復有鐵蛇，絞罪人頸。百肢節內，悉下長釘。拔舌耕犁，抽腸剉斬，烊銅灌口，熱鐵纏身。萬死千生，業感如是。

苦啊！人間已是苦，偏偏惡人下地獄更苦。千百夜叉（一種鬼）和惡鬼，牙似劍眼如電光，指甲像銅，拖著罪人，有的夜叉把罪人當玩具，用手中的大鐵戟，拋擲那些罪人，或中口鼻，或擊中腹背，再把罪人拖過來，拋在空中倒翻著接，或把他丟到床上。

有有鐵鷹，啄啗罪人雙眼，有鐵蛇絞住人的頸子。四肢上百關節都釘上長釘，有的被拔舌頭，用耕犁來犁他。

還有罪人被挖抽他的肚腸，有的被用刀剉斬，有的用烊化的銅汁灌入他的嘴裡，有的被熱鐵纏縛他的身體。

就這景像，看那些罪人萬回死去又活過來，萬般痛苦，無限哀嚎。這便是罪人，造惡多端，罪業感召，自然有這樣的罪受。這種無間地獄的苦刑要受多久呢？經文上有說：

動經億劫，求出無期。此界壞時，寄生他界。他界次壞，轉寄他方。他方壞時，輾轉相寄。此界成後，還復而來。無間罪報，其事如是。

眾生作惡業力很大，一動就在地獄待上億劫，想要出獄，眞是遙遙無期。一「界」一「界」的度過，大家知道宇宙各星系（各世界、各空間），都有成、住、壞、空，一個世界壞（毀滅）了，又到另一世界受苦，無間罪報的事實便是如此。那麼，是不是罪人永無翻身的機會，非也，佛法的慈悲在給人永遠有機會。經文說：

是命終人，未得受生。在七七日內，念念之間，望諸骨肉眷屬與造福力救拔。過是日後，隨業受報。若是罪人，動經千百歲中、無解脫日。若是五無間罪，隨大地獄，千劫萬劫、永受眾苦。

這段經文說，人死後七七四十九內，若陽世之人有爲他做功德（助念、法會、誦經、布施等），便能借佛力來贖他的罪業。過了期限就沒辦法了，罪人只得隨到五無間獄中受苦。但光靠外力救拔是不足的，還要亡者在命終時心起正念，經文說：

一切眾生臨命終時，若得聞一佛名、一菩薩名，或大乘經典一句一偈，我觀如是輩人，除五無間殺害之罪，小小惡業，合墮惡趣者，尋即解脫。

通常命臨時，人的神識昏迷，這時代他焚香念佛，能助他提起正念，讓亡者聽到佛法，也能消除五無間罪業，種下升天或成佛的好因緣。

與無間地獄同在一處，還有一個大地獄叫「阿鼻」，這是地藏王所統轄陰界的兩大地獄，不同於十八重地獄及其他千百大小地獄。因阿鼻地獄與無間地獄同在一個地方，故我也粗略一說阿鼻獄概況。

阿鼻獄橫直都八千由旬，七重鐵城，七層鐵網，刀林劍林也各七重，可見也是重刑罪人受苦刑之所，阿鼻獄也有很多附設地獄，同屬阿鼻系統管轄。

有一種叫四角地獄，四壁都是燒紅的鐵壁，上面鐵火如密雨般落下，罪人燒的全身生火。

有一種叫飛刀地獄，四面都是刀山，空中有八百萬億大刀輪，旋轉的飛刀如雨般飛來，罪人肌肉狼藉。

有一種叫火箭地獄，萬億鐵弩鏇頭，百億鋒刀，隨時有機關一開動，同時張發，一枝枝射入罪人心窩。

有一種叫夾山地獄，專用逃進山林的罪人，前後自然起火，兩山自動夾合磨轉，血流成河，骨肉都磨爛了。

有一種叫通槍地獄，槍是一種剡木兵器，穿通罪人的胸背，痛啊！痛不欲生，死去又活來，又無處可逃。

有一種叫鐵車地獄，用火燒紅了鐵車的車輪，碾壓罪人，碾來又碾去，把魂魄也碾的不成形狀，慘啊！

有一種叫鐵床地獄，罪人也有睡覺時間，只是那床被火燒的通紅，罪人躺上去（不能不躺），身體焦爛了。

有一種叫鐵牛地獄，許多鐵鑄的火牛，專針對罪人，或用角觸，或使蹄踏，或日夜不停追著罪人。

有一種叫鐵衣地獄，千萬燒熱的赤鐵袈裟、衣服等，從空中落下，自動纏裹罪人，皮肉筋骨都焦爛了。

有一種叫千刃地獄，罪人坐在大劍床上，百億劍刃都出火，空中有刀直劈頭頂，身體碎裂成數千段塊。

有一種叫抱柱地獄，罪人緊緊的抱著銅柱，鐵網自然纏絡他的頸子不能脫離，剎時銅柱火發，身體燒焦。

有一種叫流火地獄，遍處火燒，絕無出路，獄卒拿了火燒的鐵杵，夯破罪人的頭，腦漿四溢。

有一種叫耕舌地獄，獄卒牽住罪人的舌頭，拉的長長的，將罪人當成耕牛，去犁別的罪人。

有一種叫燒腳地獄，罪人所站立的地方，如烊化的蠟塊，腳隨踏隨焦爛，有爛到膝蓋，有爛到肚臍或更上的。

有一種叫諍論地獄，罪人都長了鐵爪，鋒刃如半月，時刻瞋怒，自動的互相搏殺，永不停息。

其他如鐵驢、烊銅、剉首、啗眼、鐵丸、鐵鈇、多瞋等地獄。地藏菩薩曾說：「鐵圍之內，有如是等地獄，其數無限。」那一種罪人會進入何種地獄？在陰界的律法是有規定的，我舉例說明。

出家人六根不淨，對女子動了心念，或一般世人犯殺生之過，死後墮四角地獄。

遊手好閒，聚眾生事，隨意殺人墮飛刀地獄；不孝不敬又不受教化，教唆殺生，飼養奸人墮火箭地獄。

不知報恩，害師、打師、殺師，破壞與佛有關設備，殺害伯叔父母兄弟姊妹，死後墮千刃地獄。

有大權（勢）力的人，虐待人民，墮流火地獄；貪酒墮啗眼地獄；貪欲嫉妒，多起瞋怒墮諍論地獄。

利口的人，常出惡言，贊不善的人，謗良善的人墮鐵鈇地獄；殺害小動物墮剉首地獄；出家破戒墮燒腳地獄。

前面那些地獄都是阿鼻大地獄的附屬機構，在無間地獄中是沒有的。但有些地獄同時是無間和阿鼻兩大獄的附屬，就好像陽世有些單位有兩個上司，一個是直屬的指揮權，一個是配屬的管制權，這種地獄我舉例如後。

如叫喚地獄，這是八熱獄中的第四叫喚、第五大叫喚。獄卒捉了罪人擲入大鑊中，用熱湯沸煮，又提到大鐵盤裡，反覆再煎熬，痛的日夜不停哭號叫喚。

如剝皮地獄，先把罪人的皮剝下，血淋淋的流，痛不欲生。獄卒再把他的肉一塊塊割下，堆在他的皮上。

如倒刺地獄，滿是火燒的大鐵樹，刺長十六寸。獄卒拖罪人上樹時，樹刺皆向下；拖罪人下樹時，樹刺自動會向上，如此來回上下，皮肉都割盡了。

其他如火象、火狗、火馬、火狼、火屋、鋸牙獄等，到底還有多少種地獄？地藏菩薩言：

> 如是等地獄，其中各各復有諸小地獄，或一或二、或三或四，乃至百千。其中名號，各各不同。

這意思說，上面這些地獄雖同屬無間和阿鼻兩大獄，但這些附屬地獄之下，又另有附屬的小地獄，所以地獄的數量、種類是言之不盡的。爲甚麼會如此？地藏菩薩曾告訴普賢菩薩說：「仁者，此者皆是南閻浮提行惡衆生，業感如是。」也就是說，古今以來有多少行惡的衆生，便會招感多少地獄，故說言不盡也。

還有，阿鼻地獄中規模最大的是十八重地獄，這部份在我以前已介紹過，就不再贅述了。

本輯我爲讓世人了解地獄情景，從人類所能信任的多重宇宙科學觀講起。人們所知的「宇宙、世界」只有極小的部份，而且只限於眼見和儀器可感的「物質世界」，還有很多如「多元空間」、「高度空間」及佛世界的「三十三天」、「四禪天」、「無色界」、「極樂世界」，仍至「暗物質」、「類星體」等，人們幾全處於「無知」狀態，只有極少數科學家、智者、高僧或很有因緣福報的人知道。

舉世間科學所已察覺的「暗物質」和「類星體」，人類的科學雖能「察覺」，也仍處於不知狀態。暗物質（Dark mater），可能指小至恆星結構與演化，大至星系和宇宙結構演化，都有關的「無質量的物質」，因其無質量，故不與任何物質發生作用，也可以說「暗物質」即「非物質世界」。

類星體（Quasar）是存在宇間的一群噴射星系，目前正在飛向宇宙的邊緣，速度快到光速的三十二倍，這可見宇宙之大，離開宇宙後，是否進入另一宇宙，不得而知。再者，人們所知宇宙間最快者是光速，但和類星體移動速度比，眞是太慢了。

佛經中講的「地獄」，即在某一空間中的「非物質世界」，那些牛頭馬面、火牛、火象、各種鬼王等，即那個世界的一種人或生物。因宇宙太大了，有太多未知的空間，那個世界的人形不一定和地球同，因是「非物質」，只是一種「神識」、「魂魄」或「靈魂」吧！不僅僅是人有很多「鐵齒」的，就是修行不足也有懷疑，文殊菩薩曾向佛陀說：

> 小果聲聞、天龍八部及未來世諸眾生等，雖聞如來誠實之語，必懷疑惑，設使頂受，未免輿謗。

指那些修小果聞小法的，尚未聞過大法，及天龍八部（天上的人、龍、夜叉、乾闥婆、阿修羅、迦樓羅、緊那羅、摩侯羅迦），還有未來許多衆生，有的不信佛言，還要生出毀謗之言，眞是罪業啊！

以上是我在地獄、無間地獄中待過多年（地球的世界約六百年），所見的實證見證，引「地藏菩薩本願經」，及其他經典、佛言等，無非想增加可信度，讓世人多了解、多相信，少造罪業，便與天堂或極樂世界有緣，而與地獄無緣了。

我零零總總說了這麼多地獄，大家也許快迷糊了，事實上地獄之多如衆生罪惡多，也是言之不盡的。阿鼻地獄和無間地獄，同在一處，衆生以爲二者相同，實是兩個不同的地獄。若按「俱舍論」，地獄分根本、近邊和孤獨地獄等三種，另外還有眷屬地獄等。

地獄種類雖多，但並非處處都是恐怖景像，或讓人畏懼痛苦，阿鼻地獄有一附設

「特別獄」，罪犯住的是花園洋房，且免受刀山油鍋之苦，只是行動受到限制。住在那裡的，多是陽界領袖級人物或高僧大德，身份持殊者。

有一罪人讀者定有興趣，自稱在陽界是「西藏精神領袖」的達賴喇嘛便住在這特別獄中。他確實也算一代高僧，但因農奴苛政、為權位當西方帝國主義和資本主義之鷹犬、分裂國家、迫害「雄天」教派，食肉及認同「男女交合雙修」為無上大法等罪，往生後也來到地獄。

達賴住特別獄，且有專人侍候，是他的信徒，前台灣高鐵董事長殷琪。神奇吧！地獄之多，說之不盡……

我的「實證」也許尚有不足，許多人尚有疑惑，這是自然之事。佛說法一生，世人仍有衆多不信者，何況是我！後面我會在各輯各節，隨機說法，把有關地獄、業感等事，進一步論述。

35 說我這班罪業深重 苦心啓蒙為助解脫

在陽世最常聽到的一句話，是「光陰似箭、歲月如流」、「人生如白駒過隙」等，沒想到地獄的時間過的更快，記得才來，開學不久，怎的第一學期已過了五個月。

當然，五個月不是光講「地藏經」，有全套課程，包括天文地理、宇宙觀、人生觀、文學藝術、音樂、詩歌等。

這五個月的「地藏菩薩本願經」，已講完第一品「忉利天宮」、第二品「分身集會」、第三品「觀衆生業緣」、第四品「閻浮衆生業感」及正在講的第五品「地獄名號」。感覺上，地獄時間過的比人世間更快。

對了，我順便一提，在我和安安來到地獄任教職時，我在陽世的幾位老友，汪仁豪和蔡麗美、燕京山和尹月芬、蘇眞長和吳淑臻等，他們已早在幾個月前來地獄任教授，只是他們在阿鼻地獄。我們極少碰面，除非全地獄的教育會議才會見到。

我和安安都在無間地獄，班別名甚多，如檀那、尸羅、羼提、禪那、般若、毗離耶、波羅密……名稱都有一定的意義。安安的班叫「慈悲」班，我的叫「喜捨」班。

說到班上的成員嘛！也夠神奇了，都是地獄中的重刑犯罪是當然的，只是他們有些已在無間獄待了幾世幾劫，眞是「千萬億劫，求出無期」，苦啊！

這些重刑犯是那些罪人，遠的不說，說安安的「慈悲」班好了，有陷害忠良的郭開、賣國受戮的伯嚭、篡位者王莽、弒帝聚斂之梁冀、謀篡者王敦、毒害忠良斂財的盧杞、一代巨奸秦檜、植黨營私嚴嵩、賣國求榮漢奸汪精衛，另外美國總統希布、錢尼、倫斯斐、英國首相布萊爾、發動世界大戰的日本天皇和多位重臣、更早的豐臣秀吉、田中、齋藤正樹、石原……還有慈禧太后等，竟都在安安那一班。還有，暴力小英蔡□文、莎朗史東（Sharon Stone）也在，奇啊！還有，搞東帝汶獨立的古斯毛。

至於我的「喜捨」班呢？那就更有趣了，我在陽世都認識他們，因爲他們曾騎在人民頭上，專權恣肆一時，不仁不義，不忠不孝；或利用錢財勢力，歪曲是非，顚倒黑白，分裂族群，這些重刑犯有李□輝、陳□扁、邱□仁、馬□成、呂□蓮、游□堃、謝□廷、姚□文、李□禧、辜□榮、辜□敏、杜□勝、謝□偉、莊□榮、余添、林□三、吳□明、路□袖、陳掬、葉□蘭、李□哲、侯有誼……另有大宦官魏忠賢及其爪牙十餘人，不必多舉，都在我這班，李□輝是本班的班長，神奇吧！

大家一定會懷疑，這些大奸巨惡，無視佛陀、菩薩之存在，無視宇內仁義眞理之存在，那裡是我一個教授能管的動、教的動？確實是關鍵性問題。

不過放心，他們已被解除了所有權力和能量，任何時候只要起心動念爲惡，立即因業招感火燒刀剉破肚等諸種苦刑上身。何況我有兩位正副獄吏爲我的助理，罪人由獄吏統一管理，統一帶隊上下課，平時罪人都上手鐐腳銬，上課時要寫筆記，手鐐可免，罪人沒機會造反。

再說我這「喜捨」班教室，無間地獄的教室空間設計也有「無間特性」，即「一人亦滿，多人亦滿」，空間可以自動伸縮。再者「日夜受罪，以至劫數，無時間絕」，並不因上課而可以免受苦刑。所以我第一天來上課簡直上不下去，不能看啊！只見獄吏帶隊進教室情景：

有被開肚破胸者，腸子心肝外掉用手捧著……

有被烊銅灌口者，口中燒火，舌頭掉下一尺多……

有熱鐵纏身，身肉燒的焦爛，還冒出煙火者……

35

就這樣，這群罪人哭天哀號的，怎麼上課呢？我向「教育委員會首席主任」張美麗反應。如她設計一套「相隨心轉」咒語，置所有教室正前方，課前所有受教的罪人起立目視正前方的地藏王顯像，默念示現的文字，教室內可以變成一片平和，暫停苦刑，專心上課。只見教室正前方地藏王像是左右的字是：「地獄未空誓不成佛，眾生度盡方證菩提」，像下方一段文字是：

幽冥教主地藏王，一瞻一禮福難量。
智珠遍照三千界，六環錫杖頓門牆。
五佛頂嚴巍巍坐，千古輪迴大願償。
地獄不空不成佛，孝感驚天願未央。

果然上課效果好多，本來嘛！教育宗旨在啓蒙人心，讓衆生產生覺悟，發出善心，天堂地獄不過這一念之間。另外爲讓罪人反思在陽世犯下的罪惡，教室四週有顯示標語，我這「喜捨」教室兩側兩首詩，分別是：

我佛慈悲不容貪，分裂政客整座山；
永不超生篡竊者，輪迴大道昭昭然。

我佛慈悲要擒魔，台獨分裂是魔頭；
人間有魔死人多，清魔滅魔人快活。

正是，把人間的魔清了、滅了，人間便成淨土。原來，不光是地獄魔鬼多，怎的人間也到處有魔鬼。政客散發分裂族群的毒素，一大群不知不覺，沒有判斷力的老百姓信以爲眞，便否定了自己的血緣和種族關係，對立戰爭此起彼落，人間第客魔鬼多，不覺悟的人也多，前往地獄的路眞是「絡繹不絕」啊！

這一天，是第五個月的月底，課程進度講到「地獄名號」最後一段，罪人上課還算專心。（我爲鼓勵衆生，今後上課不稱他們爲「罪人」改叫「同學」或「學生」，以示親切，也有教育意義。），我看看陳□扁，叫他：

「陳□扁同學，把第五品最後一段讀一遍。」

「是，」他答，他今天還算「乖」，可能獄吏在旁有鎮制效果，否則他問題最大，至今「319案」不認錯，地藏王要請包公來審案（這是後話）。他開始念：

> 仁者，如是等報，各各獄中，有百千種業道之器，無非是銅、是鐵、是石、是火。此四種物，眾業行感。若廣說地獄罪報等事，一一獄中，更有百千種苦楚。何況多獄。我今承佛威神及仁者問，略說如是。若廣解說，窮劫不盡。

「請坐下。」我禮貌的請陳同學坐，進一步解釋，地獄中各種罪具，都是眾生作惡所感而形成的，眞是說也說不完，所以叫「眾業行感」。現在快下課，我點一次名，點到答「右」。

「李□輝。」

「右。」

「陳□扁。」

「右。」

每點一位同學，我會看看他，端詳他的神色、氣勢，聽他的音量，從「相」看其內心，判斷他學習效果，是否有懺悔的心等。

「邱□仁、馬□成、呂□蓮、游□堃、謝□廷、姚□文、李□禧……」

都點完名，我掃視每位同學，看看陳、邱、馬等三位，我忽然問問：

「陳□扁、邱□仁、馬□成，你們三位對陽世的貪汙案和三一九槍擊弊案反省的怎樣了？」

三個苦瓜臉，一副心不干情不願的樣子，看來也可憐，相互看看後，還是陳□扁代表發言說：

「無根無據的，叫我們來地獄受苦，根本是政治迫害，地藏王也是統派的，我們還要上訴，我們不認罪。」

怪怪，這三個比當年的孫猴子還頑劣，那老孫尚有頓悟成佛之日，這三個何時才能覺悟？我心中這麼想著，但我知道地藏菩薩對他們的案子已有「終極」做法。於是我回答說：

「你們的案子在陽世老早定罪執行完畢，在歷史上的春秋史官，也以貪污和篡竊兩罪結案。但你們在地獄還要翻案，地藏菩薩慈悲，爲讓三位心服，他正計畫禮聘包青天來地獄一趟，專審三位的案，請你們靜待佳音。」說完我看看他們，示意尚有問題否？三人不言。

我又看看李□禧同學，一副不受教的眼神，上課也不專心，他在陽世造了很重的口業。但我不忍地說：

「李同學，你在陽世貴爲大學教授、國師，但你亂用名器，顚倒是非黑白，分裂族群，這是很重的罪業，因業招感，才來地獄，要好好學習、反省，知道嗎？」

沒想到他竟說：

「我才不信因業招感，誰訂的規矩？我來地獄只是倒霉，還有也是政治迫害。」

「……」我一時感到意外，不知如何回答他，只好說：「因業招感說簡單嘛！是一種宇宙間簡單的眞理，但要說清楚講明白，也有些複雜，我會配合地藏經課程，或利用其他時間，進一步再仔細講，一定會講的讓大家滿意，這是老師的職責，至於是不是政治迫害，可以等包青天來時提出上訴，好嗎？」

「好！」

「各位同學，今天上課到此結束，地藏經到今天止，共講了五品。本經和金剛、彌陀、法華三經並稱『四部頭』，可見其重要，地藏菩薩在釋迦佛法中，代表大願的實踐者，只要發達，必得無上菩提，大家共勉之。下課！」

「起立、敬禮——」李□輝班長的口令。

回禮完，看著獄吏帶隊離開，一出教室門，各種罪人應受苦痛又回復原相。開腸破肚者、斷手斷腳者、全身火燒者、舌頭吐掛一尺多者……哀號呼叫……直到聲音遠去，我也感慨萬千的離開教室。

這天晚上，在床上輾轉反側，到庭院中賞花看月。（註：地獄中並不全然是刀山、油鍋、火床等痛苦的世界，如地藏王、獄吏、司閻及禮聘來的教席等，因發願、犧牲、善緣而在地獄，乃爲度盡衆生，他們所感受到的，依然有風和日麗的自然美景。）我想到，很久沒到我的學生「寢室」巡房了。

實際上，學生們因是身處無間地獄的關係，無間律法第一條：「日夜受罪，以至劫數，無時間絕，故稱無間。」第三條規定更嚴：

罪器叉棒，鷹蛇狼犬，碓磨鋸鑿，剉斫鑊湯，鐵網鐵繩，鐵驢鐵馬，生革絡首，熱鐵澆身，飢昏鐵丸，渴飲鐵汁，從年竟劫，數那由他，苦楚相連，更無間斷，故稱無間。

從這兩條律法（觀眾生業緣品第三）看，無間地獄的罪刑苦是沒有間斷的，才叫「無間地獄」。所以，我的學生是沒有寢室，也不可能有時間休息的，我所謂到學生「寢室」巡房，只是去看看他們晚上待的「火房」。

所謂「火房」，樣子有些像陽世的傳統電話亭，由鐵質打造，內部空間正合罪人站立。只是四周的鐵燒的通紅，罪人皮肉被燒的焦爛，痛苦哀號，房門外兩道地藏王府封條交叉貼上，門兩側各一排字，正面向內專給罪人看。由外看則是顛倒的反面字，門口有透明可見火房內罪人受苦情景。

讀者諸君不解，即然如此，我去巡房何用？何益之有？當然有用有益。就像陽世的人爲已過逝的亡者，做法事、布施、行善等功德，亡者雖在地獄，仍可獲益。

我散步慢慢走，打更的獄卒在我身旁過，不久到東區，我班上的學生夜間都在東區「無間火房第九十九解脫道」，很快便找到。第一房是班長李□輝，雖不能交談，但從外可望見裡面的慘狀，裡面的受罪者也能感受老師來看他。我在每一「火房」前念一句「阿彌陀佛」，或沈思片刻。仔細讀每房門前左右的兩行字，實即一首詩，內容與他生前在陽世所造罪業有關，而門上橫批則統一各房都是「眞誠懺悔」四字，可見都是針對罪人而招感示現的警語，以提醒罪人犯的是甚麼錯。我逐一看，我仔細讀，思索詩句意義，如後正是：

李□輝

你把自己玩完了　看你聰明卻很扯
分裂族群不能搞　王牌成歷史垃圾

陳□扁

瞞天過海不是罪　作弊造假還不悔
全家吃錢國庫空　看來只有業相隨

呂□蓮

福建南靖才是根　龍潭祖厝情份深
呂家五次回原鄉　何必毒害自己人

游□堃

廿世裔孫游□堃　一心呈獻眞誠純
日後怎道中國豬　父祖兒女也是人？

謝□廷

北京貴賓謝□廷　吃香喝辣他最行
明獨暗統找機會　不信往後看風景

姚□文

祖國朝拜姚□文　參訪名勝找祖墳
北京溫情不忘記　從此心頭亂紛紛

李□禧

炎黃叛徒李□禧　尋根謁祖何道理？
醜化老祖罵自己　無恥文人他第一

走到李□禧這「火房」前，我感慨萬千，因爲他和我陽世也有一段緣，我們同在T大任職。沒想到他與腐敗墮落的陳□扁掛勾，製造族群分裂，不知撈了多少人民的納稅錢。中國傳統知識份子的風格與氣節，蕩然不存，利用自己的知識專業，散播毒素，眞罪業深重啊！業障。我乃在他「火房」前念「往生咒」：

拔一切業障根本得生淨土陀羅尼（三遍）

曩謨阿彌多婆夜　哆他伽哆夜　哆地夜他　阿彌都婆毘　阿彌唎哆　悉耽婆毘　阿彌唎多　毘迦蘭帝　阿彌唎哆　毘迦蘭哆　伽彌膩伽伽那　枳多迦隸娑婆訶

我這「往生咒」，對他消除業障雖有功能，還得看他在在「火房」中是否誠心懺悔才有用！陽世人們常說：「自己作業自己擔」，正是此理。接著我往下巡房：

謝□偉

痞子又成兒過動　無智缺德都不懂
國家門面臉丟光　分裂族群民心痛

杜□勝

罄竹難書杜□勝　分裂挺毒他最能
投機份子沒心肝　漢奸下場永不醒

余　添

一代歌王搞台獨　吃飽喝足挺貪腐
晚節不保最難堪　家人記否炎黃族

林□三

自由時報林□三　醜化炎黃眞難纏
狼狽爲奸吳□明　浪子回頭難難難

吳□明

散播惡毒不可逭　千代萬代都在傳
祖孫百代全蒙羞　另設一獄叫投繯

莊□榮

亂臣小丑莊□榮　貪腐陣營也得寵
奸邪魔鬼永不悟　試想血緣何東東？

路□袖

詩人變節挺台獨　褻瀆蔣公不如芻
廉恥蕩然心不誠　文壇敗類似杜龜

陳　掬

南台貪瀆健將菊　奧步作弊心很虛
民族救星妳褻瀆　炎黃敗類不知義

葉□蘭

菊蘭聽佛說一些　傲淡品逸霜下傑
靜芳品幽第一香　何必挺獨質變劣

李□哲

諾貝爾獎政治侏　他搞教育全民輸
爲何挺貪又挺獨　書生死讀書讀死

辜□榮

倭寇登台你顯榮　一八九五最得寵
浪人揮刀屠台民　你是天大一幫凶

巡到這裡已經很晚了，我有些睏，但看到辜□榮在無間獄待很久了，我心情很複雜。陽世很多不義之戰，雖都有些因果，不外是人的貪腐。如陽世地球一八九五年，漢倭奴國佔領台灣，辜□榮竟是引導，這種罪業是很大的。人間流轉的詩句這麼說：

倭奴登台尋無路，顯榮一看賭不輸，
浪人屠城他叫父，認賊作父財大粗。
炎黃子孫少瑕疵，只有少數會變質；
秦檜汪精衛等賊，辜某能悟還不遲。

這樣詩句在民間流傳，在地獄是有感應的。沒想到他的後人之一辜□敏也當了漢奸，幹起分裂族群的勾當，民間又有詩句流傳：

蹧蹋神州辜□敏，分裂族群決不行；
不信因果又頭昏，兩代漢奸今可信。

想到這裡我不再想下去了，邊唸著「回向偈」邊往回走。慈悲喜捨遍法界，惜福結緣利人天；禪淨戒行平等忍，慚愧感恩大願心。再唸……

回來躺在床上，又想我這班，個個罪孽深重，在陽世都犯下「幾脫拉庫」重罪，我這小小教席，要待何時才能叫他們都重生、解脫。何況他們有好多至今雖在煉獄受應得的懲罰，卻無反省之心，那能有懺悔的功德。

當然，罪人在無間獄中受苦之外，他們有很多時間要接受「強制教育」，包括聽我們這批教席的講課，不久未來有更多聖哲天人如蔣介石先生、六祖惠能要來向罪人講經說法，這些都是地藏菩薩慈悲所安排的「強制教育」。如此這般，相信對罪人會產生一些轉變吧！

還有，最近的「教育成果考核委會」，張美麗轉達「無間情治系統」的調查報告，稱陳□扁、邱□仁、馬□成和游□堃四位重罪犯的神識、心志活動，最近顯出異常景像，要大家多注意。

啊！事情還真多，不知安安、汪仁豪他們近況如何？想著，竟睡著了。

36 遇麥可猥褻案主角　包公審三一九等案

最近我們在地獄中，爲準備請開封府包青天（目前在無色界摩醯首羅天）來講經說法，同時也要重審陽世二〇〇四年在台灣發生的閻浮提最大醜聞「３１９槍擊案」。

當然，包青天來到地獄，並不全爲「３１９案」，他在阿鼻獄、無間獄有多場演講，對象是有關刑案調查、檢查及法界重要法官，據說連十八重地獄的主審法官都想來聽講，可見包大人的「神」氣多旺。

再者包大人還要親自重審幾個閻浮提大案，除「３１９案」外，另有「２２８事件眞相調查」、發動兩次波斯灣戰爭的前美國總統老布希和小布希及「９１１案」等等，包大人全部行程只有「３１９案」與我有關，因罪人在我班上，所以我也隨張美麗主任到阿鼻地獄開了多次會議。

可是不巧，有關包大人的重要活動，全安排在第一學期結束的半個月寒假中。我、安安和一群老友原打算利用寒假到陽世走走，現在也只好打消了。因爲有許多事情要配合進行，「３１９案」也要一審再審，以供地藏菩薩最後定讞參考，決定無間獄的刑期、劫數，給罪人一線解脫、投胎或超拔苦海的機會，可見地藏菩薩的慈悲願行。

某日下午，我到阿鼻獄開會，回程途經阿鼻獄的附設小地獄叫「寒冰獄」，在離寒冰不遠處的草皮上遇一小鬼，其狀頭大如鼓，頸如稻梗般細，被我一頭撞見，他嚇的在地上打寒顫。我問：

「你是誰？」

「我是寒冰獄的罪犯。」他驚恐說。

「照規定小鬼不能到處亂跑。」

「我的罪較輕，而且表現好，誠心悔過，所以獄長每隔一段時日讓我離開一下寒冰池，在附近自由放風。」他說著。

「罪較輕，你犯的是甚麼罪？」我問。

「撒謊，毀人名譽。」

「……撒謊是重罪，加上毀人名譽。」我思索片刻，有些好奇，看這小鬼還算誠實，進而問他：

「你在陽世叫甚麼名字，毀了誰的名譽？」

他答：「我在陽世是美國人，名叫喬迪・錢德勒 Jordy Chandler，是我毀了流行音樂天王麥可傑克森……」他裊裊說出一件曾經轟動陽界的新聞，我仔細聽著……原來……

麥克傑克森是陽界流行音樂天王，就在陽世地球年一九九三年時，爆發「男童猥褻案」醜聞，不僅花大錢打官司，最後賠鉅款了事。其演藝事業和精神大受打擊，二〇〇九年六月二十五日鬱卒而死，得年才五十歲。

沒想到就麥克死後三天，當年受害者喬迪卻出面向麥可道歉，坦言當年說了謊，「是受父親所逼」。

媒體「國際線上」這樣報導，一九九三年時才十二歲的喬迪・錢德勒控告麥可猥褻案，轟動全球。現年已近三十歲的喬迪表示，他在麥可死後感到懊悔，因此說出實情，減少良心的不安。

喬迪說：「我從未想過要透過撒謊來毀壞麥可的名譽，但爸爸說服我，撒謊的話不會有甚麼損失，我還可以得到所有的一切。」當二十五日麥可死後，喬迪對此事感到無比內疚，終於說出這段騙過全美國法官和媒體的謊言，期盼麥可在天之靈能原諒他。

喬迪回憶說：「一九九三年八月，我向精神科醫師說，麥可和我發生了性關係。父親便大張旗鼓提告，警方也對麥可的夢幻莊園進行大規模搜查。最後雙方庭外和解，麥可總共支付二千三百三十萬美金的和解金給我的家人。」但過程中，麥可始終否認性侵罪。

小鬼說完，看看我，又說：「事情就是這樣，是我說謊毀了流行天王麥可的名譽。」

「這麼說你也撈到不少錢吧！」我故意說。

小鬼道：「一切都因我父親爲了錢才會說謊，所以他老人家現在在十八層地獄受刀山油鍋之苦。我也後悔到麥可死了，我已三十歲才說出眞相，我該更早說，還麥可清白才對。」

「是啊！早說早好。」我安慰小鬼，「也許現在不會在地獄裡面。」

看來這小鬼很有誠心悔過，最後他又說：「當我撒出那段謊言時，全美國的法界人士和媒體，鋪天蓋地而來，對麥可造成毀滅性壓力，至今我心中仍然不安，我該受到應有的懲罰。」

當我正想對他說些因果輪迴道理時，小鬼說：「我時間到了。」然後一溜黑煙便不見了，大概回到寒冰獄中了。我以「阿彌陀佛」一聲佛號送他，望他早離苦海，再生後別再撒謊。麥可的案讓我想到「無間律法・第四條」：

> 不問男子女人，羌胡夷狄，老幼貴賤，或龍或神，或天或鬼，罪行業感，悉同受之，故稱無間。

所謂國別、種族只是陽世之人因分別心而起，產生了不同階級、族群的區隔，在地獄是不分的。設若一種罪行，某國某族人犯了是罪，其他卻不稱罪，三界還有道理嗎？也顯示因果輪迴對六道眾生而言，不僅公平、而且沒有例外，功過均悉同受之。

麥可的案例在地獄也受重視，許多教師、大德演講，都期許眾生要有承擔的勇氣和智慧。眾所週知麥可傑克森從小受父親的家暴，五歲開始到處歌廳駐唱，他又是黑人，一生痛恨自己的背景，他是音樂天王，心靈生活的侏儒。這和一些本是中國人，流著炎黃血脈的台獨份子，不肯承擔自己是中國人同樣悲哀，地藏菩薩經常在講經說法時，談到這些問題。

在最近一次「無間獄重刑犯教育檢討會」中，有一位叫「心軒」的學者，她是張美麗麾下多位教育委員之一，在會中因麥可案心有所感，講了一段禪門故事與大家共同勉勵。

有一位名叫慧朗的禪師，初參馬祖時，馬祖便問：「所求爲何？」

慧朗：「求佛知見。」

馬祖：「佛已超越知見，有知見就是魔。」慧朗聽了，恭敬禮拜。

馬祖再問：「你從何處來？」

慧朗說：「南嶽！」

馬祖不客氣的說：「你從南嶽來，辜負了石頭的慈悲，應該趕快回去！」

慧朗於是回到石頭禪師之處，並請示：「如何是佛？」

石頭禪師說：「你沒有佛性！」

慧朗疑惑的問：「只要有生命的蠢動含靈都有佛性啊!爲甚麼我沒有佛性呢？」

「因爲你不是蠢動含靈。」

「難到慧朗不如蠢動含靈？」

「因爲你不肯承擔！」

大千各界只有極樂世界有「永恆的完美性」，其他各界眾生都有生老病死，眾生也難免有不如己意的過去，或難堪的家世背景，或悲慘痛苦的往事。但生命不可能不長大，而停留在過去。一旦長大了，要承擔自己的一切，這是智慧也是勇氣，也是眾生皆免不了要面對的生命。

佛陀在菩提樹下，金剛座上夜睹明星，悟道時說：「大地眾生皆有如來之智慧德相，只因妄想執著而不能證得。」可見得，眾生都可以是巨星，端看你內心願不願意跟著長大及承擔了。

在教室時我講這個案例，最後我問一個同學：

「李□禧同學！你肯承擔了嗎？」

他一臉麻木，茫茫然……啊！眾生，愚昧何其多！不知不覺者，無感無悟者，更是何其多！

終於，包青天審「319槍擊案」時間到了。我事前已獲通報，包青天是在審完「911案」後，接著審「319案」。這天晚上，獄吏押解嫌疑犯（陽世、冥府都已定讞服刑，地藏王慈悲准許最後一次特別上訴，故又暫稱嫌疑犯。）因都是我班同學，有大頭目陳□扁、死諸葛邱□仁、魔諸葛馬□成、大頭目跑腿游□堃、深宮怨婦呂□蓮等。當然還有我邪諸葛李明輝，只是三界聖王及冥府法官對我的涉案情形、因果緣委及懺悔修行經過），都已理解，早已不審我，頂多請我當證人，這回也沒有傳喚我。

我仍利用時間前往觀審。在「冥府無間獄臨時法庭」，嚴然是開封府審案場景的現場重建，只見包公、師爺及其他人馬，原來是開封府原班人馬已暫移駕地藏王府，這如何解釋？眞相原來是包青天、師爺、展昭和所有從員，早已往生千年（地球陽界），他們有的在極樂世界，有在無色界、色界等，但仍追隨包公到大千各界辦案，這回是應地藏菩薩之請而來。

只見法庭之上掛著「高懸明鏡」和「正大光明」兩匾額，一看便知王羲之的字，法庭森嚴，氣氛肅然，靜默無聲，包公正坐，師爺在側「咬耳朵」。一會兒，包公開口說話：

「提犯人。」

「提犯人、——、——」話傳了出去。

頃刻，犯人一一押解入庭，陳、邱、馬、游、呂，一字排開跪在堂前，頭低的低低，氣勢早已完全消散，魂魄之形更是悽慘，堂上無聲無息。

包公一一驗明正身，然後說：「有關你們在陽世的３１９案，在來這裡之前，我已花了很多時間調閱陰陽兩界所有調查與判決案資料，貪污案和３１９案我都深入了解，陰陽兩界的判決確實無誤，而那３１９案是作弊也沒錯，陽界定位成竊國篡位是合乎春秋大義的判定。」

包公說到這裡停了一下，看看堂前低頭跪地不敢一動的五個罪犯，說：「平身、台頭」此時呂□蓮忽然說：

「這件事我從頭到尾都不知道，我是受害者，請包大人明察。」

「我知道你是受害者，你是因別案來到地獄的，另有不同的懲罰，因果輪迴的果報也不同，你放心。」包公慈祥說明，接著包公又說：

「所以，今晚開這個庭是多餘的，並不能改變甚麼！只因你們企圖平反，心中不服，地藏菩薩慈悲，同意你們再上訴，並請我來收你們的心，讓你們心服口服。」包公說到這裡，轉頭對師爺和左右助理說：

「準備機器、啓動系統。」

跪在地上的五罪人聽到「啓動系統」四字，顯然嚇到，魂識不安，以爲是啓動用刑。這時包公說：

「因果輪迴大道上，閻浮眾生因業招感，功過分明，從未失誤，但碰到死硬頑固之徒，非要看到罪證才服氣，爲此本府的研發部門研究一種最新儀器，標準品名叫『業感追蹤現場重建系統』，可適用於六道眾生，在無間地獄是第一次使用。現在開始，大家看319案在陰陽兩界從未曝光的現場重建畫面。」

只見來了四位獄卒，提四張類似陽世用的「電椅」，叫四位罪人坐上（呂除外），又用寫有咒語的黃色頭巾，矇住每人雙眼，再加貼畫有符圖的兩張紙狀長條物，交叉貼在胸前，四肢前胸後背和天頂各接長線（共約十餘條），連接到機器系統，等等一番工夫……

不久，光線暗了下來，法庭中間有立體影幕投射，一個場景逐漸清晰，密室裡有四人，正是陳、邱、馬、游四人，正要商討大事。密室陳設典雅，有日曆和鐘掛在牆上，時間顯示西元二〇〇四年三月十八日，晚上十二點三十分。漸漸有聲音傳出。

邱□仁顯得低調而恭敬的神情說：「老闆，全案我已安排好了，你肚皮上弄一點小傷，事前我親自來做。」

「保證安全，小傷可以忍受，爲拿大位只好犧牲一點，事成之後，江山歸我，你們想吃甚麼都有。」這是陳□扁講話。

「從受傷到進入奇美醫院這段也安排好了，過程完全掌控，沒有意外。」馬□成說。

「明天下午車隊在台南市的活動，時間控制要很精準，槍擊案發生的時機下午三點前後較佳。」游□堃說。

「子彈的事準備好了？」扁問。

「我親自操盤，準備好了。」邱答

立體影像在此聲音停了一下下，仍有影像在動，邱打開酒櫃倒酒給大家喝，又有聲音。

「我們要製造一個三一九奇案，讓泛藍兵敗如山倒，所以，明天下午幾點要讓案子爆發，由我臨場控制，一切照我的計畫來，老闆只管競選，讓群眾 High 翻天。」邱說完露出自信而神秘的微笑。

扁忽然問：「李明輝那邊怎樣？」

邱說：「學術界他全力操盤、配合。」

扁說：「很好，我們計畫這麼久了，只等這一刻，現在進入倒數計時，媒體和情治系統，尤其國安會，我們已全面掌控，明天下午我帶傷一進入奇美醫院，你們看準時機，利用整晚、整夜到投票前，利用一切管道，發佈消息，指稱國民黨聯合中共暗殺陳□扁，不信泛藍不倒。」扁神情堅定且有一點激動。

「一定倒，給他倒。」四人同聲。

影像又安靜了一下下，有的喝酒、沈默……扁說話了。

「很晚了，休息養足精神，大家好幹活。」然後四人握手一起說：「有信心，三一九奇案成功。」

影像慢慢消失，光線漸亮，五罪犯回復原狀，跪在堂前，頭低的低低，氣勢顯的愈消弱了。師爺和包公又在「咬耳朵」，頃刻，包公講話：

「這是經由業感追蹤系統所完成的現場重建畫面，這段畫面從未在陽世或陰界任何地方曝光，你們生前雖受到很多調查，但苦無證據可以說明三一九案是你們自導自演的戲。你們騙過人民，但騙不過因業招感，更騙不過因果輪迴的十法界律法。」包公愈說愈生氣，大聲說：

「退庭，聽後宣判。」

「威武——」法庭衛隊聲勢震懾人心。

當「威武」之聲一停，馬上有獄卒向獄官報告：

「今晚起罪犯懲處方式改油鍋。」

「押出去」獄官兩眼如銅鈴，頭上兩支大角如牛，大嚇一聲，嚇的五罪犯在地上哀叫，獄官又補一句：

「油鍋溫度調到二百度，呂氏那鍋一百度。」

罪人一聽，尚未下鍋已開始慘叫，仔細聽尚有一陣罵聲：

「地藏王不公、包公也不公、天地都不公，你們都是統派的，我就是不認罪，看無間地獄能把我奈何！我一定會再起來，不公、不公、不公……」

聲音愈來愈弱。但聽到那牛頭獄官又大吼一聲：

「陳口扁的油鍋調到三百度。」

「啊、啊、啊……」油鍋獄怎麼熬……看他的能耐了。話說回來，錯就錯了，放下屠刀立地成佛，何必硬拗下去呢？

接下來幾天，包公又審了「二二八事件」，我未往觀審，但據獄官閒聊時說，那是當時特殊環境下「地區人民的共業」，若論主謀者便是當時美國和日本的領導階層。蔣介石乃人天聖王，他處理得宜，論「罪」論「業」，都離他太遠了。

當第二學期開始時，包公正在審老布希和小布希的「戰爭罪」，以及前英國大竊盜額爾金父子，這兩對都是狼狽為奸的父子，眞有趣。但我因上課也未往觀審，爲給學生是供教材補充，還是很注意他們的案情。他們的案子因涉及不同宗教信仰，地藏菩薩特請住在「大自在天」的耶蘇和瑪麗亞，派代表來觀審，以示尊重。這兩對父子的罪案我也略說給大家聽，亦爲警示衆生，否則到了無間地獄，不論多少回上訴或向誰說情都沒用的。

說起這老布希和小布希，還算誠實並有悔過之心。所以包公審完不久，地藏王便把老布希從無間獄調到第七重獄「都盧難但」，小布希調第十六重獄「末都乾直呼」。只舉一小段小布希的答話爲例證。

包公問小布希：「你欺騙世人，發動第二次伊拉克戰爭，造成二百萬平民死亡，一千萬平民淪爲難民，還有無數生靈傷亡，卻從頭到尾是騙局，你可知罪？」

小布希答：「我早已知，在生前當時就知道問題很多。總合而言，情治系統的人馬騙了我，而情治人馬和決策階層被資本家（實即軍火商）包圍，因爲大量武器、彈藥、裝備在庫房，都出不去，軍火工業若關門會造成大量失業。爲救失業率，也救軍火工業，只好欺騙人民發動一場大型戰爭，誰叫那時海珊惹到我，我知罪，但那是不得已的。」

「一派胡言。」包公大嚇一聲。

小布希跪在堂上不敢再說，包公結案時說：「你雖誠實知罪，但懺悔之心不足。」接著當庭宣布：

「退庭，聽候發落。」「威武——」獄卒上來押走布希父子，不久他們離開了無間獄，在第七和第十六重獄雖仍是苦，至少比無間獄好多了。

額爾金父子在無間地獄待很久了，目前都是尹月芬班上的學生，因死不承認「偷竊罪」，故難以翻身。

額爾金是誰？他就是陽世一八六〇年十月十八日，把圓明園珍寶洗劫一空後，又焚毀了圓明園。他的本名叫布魯斯（James Bruce，陽壽五十二歲，1811—1863），爵名是額爾金勛爵八世（8th Earl of Elgin and Kincardine）。

先說老額爾金勛爵七世，他是前英國駐鄂圖曼帝國（Ottoman Empire）大使，他最大的成就是把有二千五百年歷史的希臘智慧女神神殿（Parthenon），精美雕刻的各種千年之寶，從雅典盜運回英國，再轉賣給政府，目前大英博物館有大量各時期從希臘盜來的寶物，這是希臘人民永遠的痛。事實上，大英博物館的所有寶物，都從埃及、希臘和中國偷盜而來，無一件是英國人自己的。

也許老額爾金的貪婪豪奪成性，養成兒子也貪婪成性，父子狼狽爲奸，每到一處就大肆搶劫，然後再加以徹底焚毀，行徑與盜匪無異。小額爾金率軍焚毀圓明園後，英政府以功勞一件，任命爲印度總督，這時啓動了更大規模的偷盜行動，把印度寶物一船一船運回英國。幸好，不久他死在達蘭薩拉，但父惡貫滿盈，不知在無間地獄要待多少劫數？

當包公看額爾金父子檔案時，直搖頭，結案時說：「貴國國王喬治三世、女王伊莉沙白及歷代縱容官吏，到世界各地盜竊的君主，都已認罪，目前都在地獄服刑中，不久都有機會脫離苦海，兩位何不認罪？」

父子同聲說：「我們所取的是戰利品。」

包公搖頭嘆氣說：「頑固不靈，永不超生啊！押下去吧！退庭。」

「威武——」

「威武」之聲一停，有獄卒向獄官報告：

「額爾金父子明日要送往刀山獄，今晚有教宗派來的特使和耶蘇的代表，請求與額爾金父子私下個別談話，地藏菩薩已經同意。」

「了解，先把他們押下去關在『火房』中，晚上再提出來。」獄官答說：

「啊、啊、——……」尚未入火房，已然聽到那對父子的慘叫聲。

37 再說業感緣起證明　地獄業感不能替代

「各位學員我們講到那裡了？」一上課我問。

「第九品稱佛名號講完了。」衆答。

「很好，我們進度很快，這學年一定可以把地藏菩薩本願經講完，上學期進度慢，這學期快得超前了。所以，我利用一些時間爲大家做補充複習，再說一說業感的緣起、業感的證明、墮入地獄的業緣、業報的性質等，這些我們在講第四品閻浮衆生業感部份提過，因多位學員疑惑很多，我再深入講好不好？」我做說明。

「好。」

「大家專心聽，業很重要，各位爲甚麼到這裡？我爲甚麼在這裡上課？都和業緣、業感等有關。」

首先講到「業感是怎樣緣起的？」

華嚴經說：「三界唯心，萬法唯識」。起信論亦云：「心生則種種法生，心滅則種種法滅」。現在說的業感，就是諸法中之一法，所以心生法生，心滅法滅，可以解答「業感是怎樣緣起」的根本原理。地藏經的業感品佛已有揭示：

一切眾生未解脫者，性識無定，惡習結業，善習結果；爲善爲惡，逐境而生，輪轉五道，暫無休息，動經塵劫，迷惑障難。

所謂「性識無定」，正是善惡結業所生，因爲沒有修成證果，尚未解脫的人，是沒有定性的，一下爲惡，一下又爲善，都追逐著他們所際遇的環境而發生。無止息的輪轉、追逐，永不覺悟，障蔽本來的佛心，要解脫，難呵！只好長劫受五道輪迴之苦（修羅道更慘不說）。

若依法相唯識來說，此性識就是阿賴耶識。蓋因此識爲宇宙萬法生起之依止，所謂「無始時來界，一切法等依，由此有諸趣，及涅槃證得。」故不僅爲一切法依止，亦聖凡迷悟的根源。但這第八阿賴耶識本是「無復無記性」，是無污染的。（八識執持全身，若無八識見分映在諸根，則前七識，皆無了別功能。在小乘宗中唯明眼等六識，大乘宗中則明八識。）因有第七末那識（意根）執之爲我，常與我痴、我慢、我見、我愛四惑相應，故使本識成爲污染。

故衆生爲惡爲善都因第八識，天台宗談「觀心」即觀此芥爾一念，便是意識。我們講「業感緣起」，都是罪惡不淨的，若要改變成爲清淨的業感，全賴意識聽經聞法。能觀心自在，便能轉染爲淨，無定性識也都可以成爲定性的清淨性識，身心和國土便都同沐清淨化境。

接著講「從事實來證明業感」

這個問題只要大家再複習地藏經第四品「閻浮衆生業感」，便得到明確的答案。佛陀爲要進一步論證業感，特引出一件史實來佐證，光目女遇聖者羅漢。

羅漢問：「汝母在生作何行業？今在惡趣受極大苦。」

光目女答說：我母所習，唯好食噉魚鼈之屬。所食魚鼈，多食其子，或炒或煮，恣情食噉，計其命數，千萬復倍。

原先光目女之母因殺生害命太多，惹一身罪業，墮入惡道受苦。蘇東坡說：「刀劈魚鼈，以爲餚膳，食者甚美，死者甚苦。」黃庭堅詩云：「我肉衆生肉，名殊體不殊；原同一種性，只是別形軀。」仁人惻隱痛怛的話，正可對殘殺生靈者下一針砭。其後雖因光目女念佛供像之力，救援母親脫離苦海，但「自己作業仍得自己擔」：

> 其後家内婢生一子，未滿三日，而乃言說。稽首悲泣，告於光目：生死業緣，果報自受。吾是汝母，久處暗冥。自別汝來，累墮大地獄。蒙汝福力，方得受生，爲下賤人。又復短命，壽年十三，更落惡道。汝有何計，令吾脫免。

光目女之母雖很快轉世投生，但因罪業關係，仍投生下賤人，又只有十三歲的極短命。這個事實是佛陀爲我們所做業感的實證，鐵證如山，能不信乎？

接著講「墮入地獄的業緣」

並非所有的「業」都墮入地獄，業有「身、口、意」三業，但「意」才是總機關。又「業」有福業（即白業、善業）、非福業（黑業、罪業）和不動業（定地之業）三種。業又由「緣」所牽動，緣是諸法中互相由藉的作用（俗語解：兩種物體產生的互作用），乃諸善惡法生起之因。其淨緣，固由於淨識，染緣亦由無明顛倒之心。故綸貫云：

因心起業，因緣受身。身還造業以受形，形復從心而作業。昇沉隨業，苦樂從心，若影之隨形曲申，響之隨聲大小，而無毫微差忒。

因心起業，此心之運動力，仍爲第六意識（想力）相應之思心所，藉外緣力，引發識種之現行，現行又薰種子，輾轉相生。華嚴云：「若心緣破戒事，即地獄身；緣無慚愧、憍慢、恚怒等，即畜生身……」十法界衆生的因緣昇沉，可以一目了然。地藏經第四品說的衆生業緣，著重染緣方面，故有地獄現相。

閻浮衆生所造之業有四種報：一是現報（今生受報）、二是生報（次世報）、三是後報（來生二、三世報）、四是無報。何謂「無報？」分爲四種：

㈠時定報不定（時已決定，報仍可轉改，故不定。）

㈡報定時不定（業報已定，時間可改，故不定。）

㈢時報俱定（業也定，時也定。）

㈣時報俱不定（因業未定，故時報未定。）

衆生造業有先起念後去作的，名作具足；有先不起念，直接去作，叫作事不俱足。所以有時報俱定的，時報不俱定的分別。閻浮衆生業感第四品最後說：「是諸衆生先如是等報，後墮地獄，動經劫數，無有出期。」

心本是明淨美善的，奈衆生都是庸人自擾，妄作、妄爲。諸般造業，要受動經劫數的地獄之苦，怎不使人悲嘆呢？

「李□輝同學，我很想問你一個問題？」李同學上課還算認眞，只是性格多變。他說：「請問。」

「你是基督長老會信徒，往生後本應到達欲界第六天叫『他化自在天』，爲何反而到了無間獄？」我問。

「□輝知罪，我很清楚，我在陽世初爲共產黨員，不久背叛共黨，成了國民黨，又背叛國民黨，都爲利益出賣自己，最後搞台獨分裂族群，罪業深重，才來這裡。」他說的應該很眞心。

我問：「李同學說的可眞誠？」

他答：「眞誠。」

我嘉許李同學，並向全班說：「李同學很有反省的決心，大家要向他學習。接下來要講業報不能替代。」

地藏菩薩說了地獄名號，又對普賢菩薩說：

> 仁者，此者皆是南閻浮提行惡眾生，業感如是。業力甚大，能敵須彌，能深巨海，能障聖道。是故，眾生莫輕小惡，以爲無罪，死後有報，纖毫受之。父子至親，歧路各別。縱然相逢，無肯代受。我今承佛威力，略說地獄罪報之事，唯願仁者暫聽是言。

這意思說，業力高過須彌山，深過巨海，不論大罪小罪，到了應受果報的時候，都要自己一人赤條條去承擔，誰都不能替代，親如父子也是各做各受，各業各擔。這道理簡易，陽世亦然，誰犯罪誰去承擔也是不能替代，所謂「萬般帶不去，只有業相隨」，其實陰陽各界都適用。

以上爲大家講業感緣起、證明等事，各位同學還有疑惑嗎？反正「三界唯心、萬法唯識」，所謂「起心動念」正是。

全班齊聲說：「誠心受教，沒有疑問。」

大家都沒有問題，我們開始講第十品「校量布施功德緣」。談到「布施」，一般人總從表相看以爲是給了別人，其實是給了自己，幫助別人就是幫助自己，救別人就是救自己。以世間法說，給人能得富貴；以出世法論，給人乃菩薩道波羅密之圓成。我先說一個和布施有關的故事，大家仔細聽。

早在佛陀住世時代，舍衛國有一個很高壽但很貧窮的老翁，聽到佛陀要來，便扶著柱杖從很遠的地方來求見佛陀。當他走到精舍門口的時候，適巧佛陀的弟子釋梵守門，看見老翁形髒身穢，不讓他進去，老翁勃然大怒，在門外大聲叱喝道：

「我雖貧賤，但三生有幸能遇到佛陀，想問一問有關罪福的因緣關係，而求離煩惱窮苦，怎不讓我問。我聽說佛陀仁慈普濟，所以我從很遠的地方來求見也不能嗎？」

佛陀在裡面聽到，對阿難說：「阿難！你去請老翁進來。」

老翁聽到佛陀請他，轉怒爲喜，帶著無限恭敬的心，匍匐進去，向佛陀頂禮後就說：

「佛陀！我眞是不幸的人，一生貧困，飢餓寒凍，求生不能，求死不得，若非人命至重，早已一死了之！我聽到佛陀要來，日夜思念，想見佛陀一面死也瞑目，如今已心滿意足了。希望此生早些結束罪業，來世仗佛陀垂恩，得生善處。」

「可憐的老翁，你這一生實在太辛苦了，不過你對佛法欣羨之心，來生必得善處。」佛陀慈悲的說。

老翁感激的流淚說：「佛陀！爲甚麼我這一生活的這樣貧苦？到底甚麼原因？」

佛陀對他說：「今生的苦是以前夙緣形成的，是自作自受得的果。你前世是一位富貴的太子，只知聚斂財物，不知行善布施的道理。有一天，一位靜志沙門來向你行乞一件法衣，你不但不布施，還以爲敲詐把他關了七天七夜才放出來。這位沙門一拐一跛走出去，就碰到一群餓得不成人形的盜賊要將他殺了充饑，太子突然良心發現又救了他，沙門因此保全了生命，他就是現今的彌勒菩薩，那位太子就是你啊！你今生的貧窮是那時慳貪作惡的業緣，長壽是你救了沙門一命。過去業緣的因果報應是絲毫不爽的呀！」

老翁聽了佛陀的說法，乞求說：「佛陀！請可憐我風燭殘年吧！讓我出家做個沙門好嗎？這樣縱然死了，也不辜負此身。」

佛陀微笑說：「我現在就爲你剃度。」

說著，老翁的鬚髮自然落地，身上自然披上法衣。老翁心願達成，並證得阿羅漢果。

各位同學，過去、現在和未來是循環不息、綿延相連，這就是「三世因果」。大家要很清楚的知道一個眞理，完全屬於個人的眞理，「想知道自己過去做過甚麼事，那就得當下看自己是個甚麼模樣；想知道自己未來會怎樣，就看自己現在究竟做些甚麼？」這是很簡單的道理吧！

各位同學！老師現在又要問你們一句話：「往昔曾經布施一文錢給貧窮的人或出家人的舉手，有那一位？」

在坐的李□輝同學、陳□扁同學……環視教室內所有聽課的同學們，大家我看你、你看我，竟無一人舉手，我不禁搖頭，正納悶著，教室後的公告欄有閃光示現。這表示有重要消息通造，全班轉頭看：

閻羅王城詩歌研討與欣賞會，將於近期在城東區靈山花園會議中心舉行，歡迎各界眾生含獄中服刑者參加，即日起開始接受報名。

歡迎提出論文或詩歌作品，並先送往文教部第一局第一組統一辦理，排定提報、朗誦時程。

本會邀請古往今來十方各界，包括欲界、色界、無色界、極樂世界、地獄及陰陽各界詩歌名家蒞臨，歡迎共襄盛舉。

會議期間禮請曾在陽界有高知名度的披頭合唱團、麥可傑克森樂團、保爾瑪麗亞樂團及貓王、伍佰演出，歡迎觀賞，也請各界密切注意會程通知。

看完通知，全班爆出從未有過的歡呼聲。的確，在地獄中自無限久遠以來從未有此種活動，秦檜或豐臣秀吉等入獄多少劫數亦無此新鮮活動，難怪同學們好像忘了身處地獄，這是地藏王的慈悲啊！設想用詩歌音樂來改變罪人的性情。現在我們開始講第十品「校量布施功德緣」，請李□輝同學把第一段朗讀，他起身讀：

爾時地藏菩薩摩訶承佛威神，從座而起，胡跪合掌白佛言：世尊！我觀業道眾生，校量布施，有輕有重。有一生受福，有十生受福，有百生千生受大福利者，是事云何？唯願世尊爲我說之。

爾時佛告地藏菩薩：吾今於忉利天宮，一切眾會，說閻浮提布施校量功德輕重，汝當諦聽，吾爲汝說。

謝謝李□輝同學，今天在下課前，把第十品做一個起頭提示。布施的原理如前面說的，從表相看是給了別人，救了別人；但實相看是給了自己，救了自己，成就了自己。布施也有分別，有財布施、法布施和無畏布施，布施更有輕重之別，這些地藏菩薩並非不懂，不過他慈悲心切，爲我們眾生代問罷了。

課程各位要利用時間先看一看，有問題也可以先問各監獄所輔導員，他們都是滿腹學問的學者，護法心切，悲憫眾生，才來當義務輔導員。

關於詩歌研討與欣賞會，各位可以自由參加報名，未報名者也會由獄吏統一帶隊去觀賞，我們下回上課再見。

班長李□輝：「起立」、「敬禮」……

38 閻羅王城詩歌樂High 各界名品教化眾生

主題：閻羅王城詩歌研討與欣賞會

地點：城東區靈山花園會議中心。

倒數計時天數：29

已確定參加詩人：李白、杜甫、余光中、台客……鄭雅文……

各世界時間對照：

色究竟天……

大自在天……

極樂世界……

……

火星陽界……

地球陽界：二三〇六年（第廿四世紀）一月一日

……

這是一幅冥府文教部大門前的自動感應螢幕，它自動與十方各界連線，每分每秒的變動都體現各界目前的時間年代、氣候、應邀對象，方便主辦單位管理和時程掌握。這螢幕也和冥府各辦公室、廣場、教室、會議室連線，故也方便地獄眾生了解訊息。

當有一天下午，我給學生們上完第十二品「見聞利益」，趕往文教部開會，倒數計時天數已跳到「5」。

這時的閻羅王城已開始熱鬧起來，而東區已是煥然一新，所謂「靈山花園會議中心」，其實是一個「城中之城」。包含著數十大型會議廳、表演場及很多小型會議室，適合小型詩歌朗誦、座談等活動，另外，有十方各界貴賓住宿區、休閒區等，最外圍則是往來各世界的交通動線。

似乎有一種感覺，宇內各界最美的城市、最適衆生居住的地方，是閻羅王城東區的「城中城」，這是一時的「錯覺」嗎？當倒數計時天數跳到「2」，一切已準備就緒，各界參與的詩人、歌手、樂團、貴賓……都已在住宿區完成所有報到程序。

據聞，普賢菩薩、觀音菩薩、六祖惠能、蔣介石先生與夫人，可以在開幕或閉幕式中應邀觀禮，我當然沒有機會與菩薩、聖王能「正式會面」，頂多透過影幕，或在很遠的角落望一望吧！

對地獄眾生而言，這是一個開眼界的機會。各級官員、獄吏、獄卒、教席（如我等），可視自己的任務、職掌等狀況，自由擇時參加，服刑的犯人太多了，地藏菩薩把重點放在無間獄和十八重獄的重刑犯，規定由獄吏統一帶隊，參加所選項目。

終於開幕時間到，地藏菩薩親自主持，一連三天的「地獄嘉年華會」，盛況空前，但我所能見恐不及百分之一，所能親自到場參加恐不及千分之一。

我要怎樣形容或描述地獄這場具有教化意義的盛會，當第一天開幕後不久，我們一行人有如逛大街。（註：不知何因緣！我們並未刻意約定，安安和我、汪仁豪和蔡麗美、燕京山和尹月芬、蘇眞長和吳淑臻等人之神魂竟聚在一起逛大街。）

而我竟也產生一種「識」，牽起安安的手在城東區到處逛。當我們經過 101 會議廳（中型、約可容納萬餘人），從廳外的影幕和聲音，便知是陽界知名的維也納合唱團，伴奏者是寶爾瑪麗亞樂團，仔細聽唱詞是「心經」：

觀自在菩薩　行深般若波羅密多時　照見五蘊皆空　度一切苦厄　舍利子

色不異空　空不異色　色即是空　空即是色……

我能說的是我親自參與的項目，我參加的是現代詩（即新詩）研討和欣賞會，這是因爲我三世都對現代詩很有興趣，所以對這回來地獄參與盛會的詩人們，我知道的最多。西洋和東洋詩人從略，只說中國詩人，怪怪，還眞是壯觀！我一一道來。

有「葡萄園」詩人群：文曉村、台客、賴益成、金筑、魯松、晶晶、洪守箴、許運超、林文俊、范揚松、南舲、商殷、子青、陳福成、林明理、林靜助、王詔觀、白靈、杜紫楓、曾美玲、楊火金、詹燕山、莊雲惠、詩薇、喬洪、吳淑麗。

有「創世紀」詩人群：瘂弦、丁文智、張默、辛牧、洛夫、辛鬱、碧果、管管、葉維廉、汪啓疆、方明、李進文、陳素英、張國治、許水富、落蒂、嚴忠政、龔華。

有「文學人」詩人（作家）群：愚溪、綠蒂、林錫嘉、陳祖彥、曾美霞。

有「三月詩會」詩人群：徐世澤、謝烱、潘皓、燕菁、關雲、本肇、謝輝煌、童佑華、劉自亮、林靜助、雪飛、蔡信昌、林恭祖、麥穗、王幻、一信、傅予、文林、丁潁。

有「秋水詩社」詩人群：王吉隆、涂靜怡、林齡、風信子、楊慧思、莫云、凌江月等（人多略）。

有「中國詩歌藝術學會」詩人作家群，為數達數百，不及細說。由理事長林靜助先生領軍，重要成員有楊華康、廖振卿、彭正雄、蔡雪娥、林精一、周伯乃、陳福成、張小千等。

另有大師級詩人，胡適、朱自清、劉復、郭沫若、徐志摩、冰心、聞一多、朱湘、李金髮、戴望舒、艾青、何其芳、北島、舒婷、梁上泉、木斧、雁翼、屠岸、荒島、余光中、流沙河等，約百人，餘略。

還有「不結盟」詩人，如吳明興、高準、方飛白、胡其德、墨人、隱地、老范、陳成等。

其他詩社團體甚多，如「掌門」、「笠」、「海鷗」、「揚子江」、「詩刊」、「綠野」等，為數眾多，不及逐一列名。

至於中國傳統詩詞名家就更多了，如李白、杜甫、蘇東坡、李清照、李後主……到革命女俠秋瑾，為數百餘人。因我未參加傳統詩詞，故不細說。

我要說的是我所參加兩場現代詩欣賞會，第一場是「中國詩歌藝術學會」的重頭戲，第三天上午分別在九個會議室（小型，每室約百人內，編號２０１到２０９室。）我的場子是２０１室，共有七人提出詩作，先舉前六位詩人作品之一小部份：

不迎春不悲秋／只想握有一枝春秋之筆／撻伐天下貪腐不義之徒／寫出澄明光燦的篇章

許運超「春秋」

創造「京奧」奇蹟並稱霸外太空／卻遮掩不了流失傳統中國人的心／中國的春秋榮光等待何時

林靜助「中國春秋」

「砰！砰！」／是槍聲？／有人／應聲　卻未落馬／仍洋洋一付自得

金筑「悲情・抓狂：三一九槍擊案」

舉辦二〇〇八年奧運／展現中華文化的輝煌／我有幸　躬逢盛會，樂得／爲之喝采也樂得爲之乾杯

王幻「為奧運聖火乾杯」

阿爸／我們家怎麼這樣窮？／家徒四壁，一窮二白／只剩下錢——／一箱箱，一袋袋／堆得像一座座山……阿爸！作爲您的獨子／我不得不提出建議／認錯、認罪，面壁懺悔吧！誠懇向人民道歉……

瘦雲王牌「我們家窮的只剩下錢：擬陳至中給父親的一首詩」

這是一隻碩鼠／曾經長期躲在／一座豪華穀倉裡／大吃大喝，且A走／一袋又一袋／黃金般上好的穀粒

台客「這一隻碩鼠」

每位詩人朗讀完個人詩作（完整），都引起熱烈掌聲，贊美有之，評論有之。但當台客和瘦雲王牌朗誦時，現場確實很沈重，因爲陳□扁及其若干共犯由獄吏帶隊，正好也在現場。詩人作品的精神雖有嚴厲的批判，也彰顯著春秋大義，更是十方各界所堅持的正義原則，此在陰陽兩界也是相通的。最後是拙作，小詩兩首：

滅，生

當朽了，壞了

就回到天地吧！
這是一個新生

高溫是一種昇華和加持
能除一切苦，眞實不虛
看啊　灰燼
在時空的長河中旅行
永恆的揮灑
（色不異空，空不異色，色即是空，空即是色。）

人只有與天地同在才能不朽不壞
長生不老
生生不息
（不生不滅，不垢不淨，不增不減。）

魚，苦

（觀自在菩薩，行深般若波羅密多時，照見五蘊皆空……）

群群游魚
在逐漸加溫的油鍋中
掙扎
張開的嘴喊
救命

（乃至無老死，亦無老死盡，無苦集滅道……）

有的用油煎
翻來覆去　皮破血流
再覆去翻來
惡狠狠死瞪的眼睛
向人世間的公平正義抗議

（遠離顛倒夢想，究竟涅槃，三世諸佛……菩提薩婆訶。）

群魚愈是抗議掙扎
撈捕搶食者愈是喊爽
少數向鍋外逃亡者
也都死路一條
神識往何處去？

以上兩帖小品，曾先在陽世「葡萄園詩社」發表，今又在閻羅王城朗誦，頗受各界嘉許，溢美之詞本文從略。詩作提供欣賞，歡迎批評指教。

我參加的第二場現代詩欣賞會，是標榜不結盟、不組織的「三月詩會」，在陽世有悠久的歷史，詩壇上很有地位。欣賞會在三〇一室（小型、約百餘人），時間是第三天下午，參與盛會並提出詩作的詩人有：麥穗、謝輝煌、一信、文林、丁潁、金筑、童佑華、林靜助、雪飛、蔡信昌、本肇、傅予、徐世澤、潘皓、晶晶、關雲。因詩作大多頗長，只舉兩帖小詩爲例，以供雅賞。

火

謝輝煌

因爲火的緣故
千山獨行的鑛石
溫柔出萬種風情了
無論是纏綿的金色項鍊
或是不纏綿的黑色鍋鏟
都放射著愛的光和熱

盆景

本肇

坐觀紫虛
采釀八方精粹
去蕪雜存眞心
不是不想到大叢林中爭天下
無奈

熱不起來
只好自我建構一座
清冷　唯美
小世界

⌘

當這節新詩欣賞會甫告結束，「三月詩會」和「中國詩歌藝術學會」一大群詩人，湧到李白和杜甫的行館叫「靈山貴賓樓」，都想一睹詩仙詩聖的風采。正巧兩位大詩人要去面見地藏菩薩，只好由李白代表向大家簡短致詞，大意說，任何藝術貴在創新、創意和意境，現代詩之於傳統詩已是一種創新，創意和意境有賴大家努力了，但萬變不離其宗，須有「中國性、民族性」的思想內涵，這是最重要的。

當詩人活動都結束時，我和那群老友逛到「靈山七號演奏廳」，約可容納十萬眾生的的半開放式表演場。遠遠望去，「人山人海」已不能形容，因爲觀衆有各色人種、鬼族、天龍八部等，十方各界、六道衆生都有。這太讓大家「打翻醋瓶子」，現代詩欣賞會觀衆少又顯得清冷些，而這裡衆生如山海，**High** 翻天了！

原來七號演奏廳正在進行的，正是壓軸表演，主角是陽界三大流行音樂天王，披頭四樂團主唱約翰藍儂、「貓王」普里斯萊和麥可傑克森。能把他們請到地獄來表演，眞是不容易，也可見地藏王的苦心。

晚上是這回閻羅王城詩歌音樂會的閉幕式，除少部份貴賓、參加者先行離開地獄，大多參加了閉幕式，我透過轉播觀看。果然，六祖惠能、蔣介石和夫人、弘一大師、虛雲老和尙等參加了閉幕式，地藏菩薩親自主持。典禮先有一段國樂表演節目，六祖大師和蔣介石代表貴賓禮貌的簡短致詞，重點是地藏菩薩的講話，歸納要點有：

第一、舉辦詩歌音樂爲主軸的活動，目的是用較柔軟的方式教化衆生，啓發地獄罪犯的善良面，喚醒倫理、道德和春秋正義觀。

第二、陽界衆生之倫理、道德和春秋正義觀，已受到嚴重破壞，衆生趨向墮落腐敗，導至地獄客滿。這個問題的總源頭，就是陽界已被資本主義、民主政治和錯誤的人權觀所淹沒，這三種東西不僅大錯且罪惡，都違反了因果律。舉例，殺人者死，陽界判刑約百分之五，而執行死刑者不到百分之一，錯誤的制度使陽界墮落。

第三、利用這次活動，也讓各界衆生看到地獄（部份開放參觀）實況，證明因果輪迴確實是「鐵律」，絕非任意說說，希望大家回到各自的世界，廣爲宣導，則陽界甚幸！陰界甚幸！

第四、「地藏經」中原規定五種重罪墮無間地獄，目前已不合陽界使用，應再增加「新五無間獄罪」，與原五種合稱「十無間罪」。先述大意，待由法務部門研擬定案，通告十方各界。

△六無間獄罪：篡國竊位，不論何種形式內涵，用何種方法，當墮無間地獄，千萬億劫，求出無期。

△七無間獄罪：分裂族群，造成對立，傷害人民感情，甚或引起戰爭，墮無間地獄，千萬億劫，求出無期。

△八無間獄罪：任公私要職，貪污腐敗，淘空、洗錢、勿論多少，墮無間地獄，千萬億劫，求出無期。

△九無間獄罪：謊報訊息，利用媒體欺騙人民，發動不合春秋正義之戰，墮無間地獄，千萬億劫，求出無期。

△十無間獄罪：本罪概稱背叛罪，乃背叛良知良能良心等，如漢奸、叛國。墮無間地獄，千萬億劫，求出無期。

上述九無間在冥府通稱「小布希條款」，實則漢倭奴王國歷任天皇更合此罪。而十無間通稱「李□輝條款」，亦有稱「金美齡條款」者。

詩歌音樂活動結束後，地獄恢復原來的平靜和作息，重要的是學年之末，課程結束後，我們教職人員有兩個月暑假，可以到十方各界（特准）遊玩，多麼讓人高興與期待的事。

期末功課只剩地藏經最後一品，及蔣介石對無間地獄重刑犯有一場演講。爲配合蔣先生行程，把演講排在前面，講完便偕夫人回去。

另外，六祖惠能在十八重地獄也有一場演講，可惜我們沒有機緣受教，不知何時才有向大師請益的良緣。

當大家正準備期末課程時，傳來一則震驚陰界的大消息，陳□扁等一干人犯於詩歌音樂活動的第一天被捕，先押在無間地獄一處叫「無間天牢」的地方，活動結束後公佈並開始審判。

到底何原因？詳情尚不清楚，據聞他們一干罪犯想複製「319槍擊案」，或改良創新，推翻地藏王的統治權，自己當「冥府大王」。此種大逆之罪他已非第一次，又來了！

不可能！不可能！絕不可能！那到底又如何？

39 蔣公說法佛陀孝道 阿扁造反又圖大位

要上課時，班上學生臉孔有些不一樣，先說離開的（已關在無間天牢），陳□扁、邱□仁、馬□成、游□堃、李□禧、辜□榮、辜□敏、杜□勝、謝□偉、莊□榮、林□三、吳□明、路□袖、陳□掬、李□哲，共十五位學生。根據安全部門說法，很早就發現陳□扁、邱□仁等要犯，其神識、心念有異常活動，於是就被釘上，地藏王的情治系統很厲害，否則如何治得了十方各界的邪魔歪道。

冥府調查局不久偵測到更多他們的「念頭」，原來陳□扁在陽界呼風喚風當大頭目時，與他一同搞貪污和竊國的各部會首長、次長，集體貪污的家族成員，合夥洗錢的奸商、醫生，幾乎有整個集團的半數以上，全數關在無間地獄，爲數達百人之眾，光是與我班同區的十多班級，至少有百人是阿扁的共犯集團。

於是，他們蠢蠢欲動，準備利用詩歌音樂活動期間，地藏王及各級官員、獄吏的忙碌空隙，挾持留守獄卒，取得符咒密碼，打開「地獄之門」。待集結百員同黨，一舉發動造反，推翻地藏王的地獄統治權，由阿扁坐鎮地獄任冥界永久大統領。

但，尚未經詳細調查、起訴，誰知道詳情如何？恐怕更多的眞相、參與共犯等，尚未曝露吧！

惟若大要屬實，未免也太天眞、單純了，雖然也頂可怕的。說可怕是萬一眞給他們搞成了，從此陰界大亂，說天眞，是根本不可能成功，機會是「0」，因爲在地獄，只要「起心動念」就構成犯罪要件。

換言之，只要「想」或一個「念頭」，便經「業力」牽引，啓動情治系統的罪犯追蹤網路，所以罪犯若造反是不可能成功的。現在反正暫時關在天牢，我且不表，只是眞的「千萬億劫、求出無期」了。

再說本班的新成員：歐巴馬、萊斯、小林善紀、金鎂齡、史明、張□鑾、吳□眞、袁世凱、彭□敏、麻生太郎、安倍晉三、安倍晉四、福田康夫，共十三位新同學，他們大多已在阿鼻獄、十八重獄或無間獄別區服刑，這回調到我班，恐也是不得已。

這天，我班同學在獄吏領隊下，我也隨同到達共同大教室，空間很大，容得下許多聽衆，全是地獄重刑犯，未到者也能透過轉播系統，觀聽效果極佳。

主講：蔣介石（無所有處天天帝，即將升五淨居天）

題目：佛陀的孝道

字幕打出主講者和講題，地藏王親自主持，我這班坐位在遠遠的角落。地藏王開始介紹主講者，大意說蔣先生在陽世建立過許多豐功偉業，堅持國家統一的春秋思想，提倡倫理道德的傳統價值。若陽世多幾位這樣的領袖，地獄可以減少許多罪犯，同時介紹蔣先生目前的身份等。

由於地藏王有要公先離席，閻羅王、主命及多位文武官員陪席，場子交給蔣先生開始演講，以下這篇短文是將先生演講的大要內容。

「孝」是四維八德之一項德目，雖只是十二德目之一，重要性卻很高，大家常說「百善孝爲先」，可見「孝」實在是陰陽十方各界的基本德目。

過去七佛共同教導之警策偈語，其要意云：所有的惡不要做（Sabbapapassa akaranam），要具足所有的善（kusalssa upasampada），以中文表達是「諸惡莫作、衆善奉行」之經典名句。此處之衆善奉行，亦以孝爲先。陽世佛國有一部「孝經」，是十三經之一，此經專論述並教育衆生，如何做好父慈子孝、兄友弟恭、夫婦和順、朋友信義等事。

佛陀乃人天導師，自然明白「百善孝爲先」之原理，所以佛陀說「慈母像大地，嚴父配於天，履載恩同等，父母恩亦同。」祂宣講孝道，後來由阿難集結成「父母恩重難報經」，在十方各界流傳，亦流傳到人間。

這部經典從何而來呢？佛陀有一天帶領大比丘二千五百人、菩薩摩訶薩三萬八千人，直往南行，忽見路邊一堆枯骨。佛陀向枯骨五體投地，恭敬禮拜。

在一旁的阿難見狀，合掌問道：「世尊！你是三界導師，四生慈父，衆人歸敬，爲何禮拜枯骨？」

佛陀答說：「你們是我的上首弟子，出家日久，知事未廣。這一堆枯骨，或許是我前世祖先，多生父母。因爲這因緣，我今禮拜。」

佛陀告訴弟子們男骨色白且重，女骨色黑且重。因爲母親生兒育女視爲天職，有懷胎十月之苦，更有乳育幼兒之苦，嬰兒賴母乳維持生命與成長，養一孩兒須八斛四斗多白乳。故而，令母憔悴，骨現黑色，其質量較輕。

佛陀剖析母難生產的痛苦，有安詳出生，不損傷母親的是孝順之子；亦有破損母胎，扯母心肝，踏母跨骨，如刀割心的忤逆之子。母親生養兒女如此辛苦，所以佛陀說有十恩：

懷胎守護恩、臨產受苦恩、生子忘憂恩、咽苦吐甘恩、迴乾就濕恩、哺乳養育恩、洗濯不淨恩、遠行憶念恩、深加體恤恩、究竟憐愍恩。

佛陀告誡弟子們，「若要報恩，就要書寫此經，讀誦此經，爲父母懺悔罪愆，爲父母供養三寶，爲父母受持齋戒，爲父母布施修福，如能如此，就是孝順之子；不做此行，便是地獄人。」百善由此開始，在日常生活中，起心動念稍有不善，即已偏向惡的方向去；若能時時持戒，便能使己生之惡斷，使未生之惡不生，使未生之善生，使己生之善增長。

最後佛陀告訴阿難說：「此經名爲『父母恩重難報經』，你們要信受奉行！」從此這部經在陰陽各界流傳，爲教育衆生最重要教本之一。

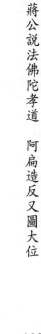

佛陀並非光說理論，我們看祂是如何報答父母恩，親自實踐孝行，爲衆生之模範。當祂父親淨飯王臨終時，爲他講述極樂世界的莊嚴景像，及念佛往生的道理。淨飯王依佛陀開示，放下萬緣，一心稱念佛號，瞬間往生西方極樂淨土。

於是時，佛陀已是人天至尊，衆生導師，仍在出殯時親自爲父親抬棺，益顯其孝心，感動天地。另外佛陀是如何報母恩的！因佛母摩耶夫人在佛陀出生第七天就過逝了。根據「地藏菩薩本願經」記載，佛陀將入滅時，覺得母親生育之恩未報，決定到忉利天爲母說法。

佛母看到佛陀來了非常高興，佛陀爲母親說法是告訴母親：「現在妳在忉利天享受清福，但天福享盡又墮輪迴，人間苦樂參半，而生死輪迴永不休止。若母親能再精進修行，便能斷除六道輪迴之苦，永離無常的種種煩惱。」佛母已在天堂享福，佛陀基於孝心，怕天福享盡又墮輪迴之苦，故爲母說法，善盡度化的孝道。

佛陀爲母說法的地點在忉利天（欲界第二重天）的「忉利善見城」，城中央有一寶樓重閣，此處即忉利天天帝釋提桓因（道教的玉皇大帝）統治之首府。佛陀就在這重閣中爲母說法，地藏經第一品記載：

如是我聞。一時佛在忉利天，爲母說法。

這時，「十方無量世界，不可說不可說一切諸佛及大菩薩摩訶薩，皆來集會。」及他方國土，有無量億天龍鬼神，亦集到忉利天宮寶樓重閣聽佛陀講地藏經。

阿難記錄了佛在忉利天說法，後來他問佛陀說：「把這部經編輯起來後，開頭第一句怎麼說？」

佛回答阿難說：「就用『如是我聞』四字，最能證明是你阿難親身聽見佛這樣說的，不是從旁人口裡聽來的。」爲母說法是本經的根基，故「孝」是本經的核心思想。

講到這裡蔣公停了片刻，飲一口甘露。（註：蔣先生在陽世曾是人間第一大國中國之統領，習慣稱他蔣公，雖然他目前是無所有處天天帝，不久將與夫人美齡女士升往五淨居天，即可脫離六道輪迴之苦。）然後他說：「說兩個小故事給大家聽。」

第一個故事。有一隻小青蛙，老愛和媽媽唱反調，媽媽叫她往東，她偏偏要往西；

媽媽叫她往西，她偏偏要往東。有一天，青蛙媽媽知道自己快要死了，青蛙媽媽喜歡住在山上，不喜歡住在水邊。因爲小青蛙愛唱反調，所以青蛙媽媽交待孩子把她葬在水邊。平時愛唱反調的小青蛙突然良心發現，聽從媽媽的話，把媽媽葬水邊。黃昏時，擔心媽媽會寂寞，就在水邊哇哇叫；下雨時，擔心媽媽被水沖走，也在水邊哇哇叫。

媽媽在世時不聽話，死後再來傷心，難過的哇哇叫已經來不及了，所以孝順和受教都要及時，過了再去悔恨都非智者當爲。

第二個故事。有一個屠夫，是一個不孝子，平日對父母總是忤逆，有一天他突發奇想，跟人家到普陀山朝拜，他聽說普陀山有活觀音，到處向人打探。有位老和尚見狀就告訴他：「活觀音已經到府上去了。」他又匆匆趕回家，只見他看了就討厭的兩個老傢伙。這時母親跟他說：

「堂前雙親你不孝，遠廟拜佛有何功？」

這就是我們常說「百善孝爲先」的道理。「心地觀經」云：「若人至心供養佛，復有精勤修孝養，如是二者福無異，三世受報亦無窮。」可見行孝即行善，亦同行佛道，其功德無差別。

演講會開始講到起心動念非善，即已偏向惡的方向去。所以佛教思想強調人是自己的主宰，善惡源於一心，故應將「心」管好。

「楞伽經」云：「心生即種種法生，心滅即種種法滅。」另在「維摩經」亦云：「欲得淨土，當淨其心。」想來這些應是簡單的道理，如同「放下屠刀、立地成佛」，前提是先「放下屠刀」，若有衆生不放下屠刀，而想成佛，必不可得。

所以高僧大德常說：「聖人求心不求佛，愚人求佛不求心，心淨則國土淨。」聖者智者從管好自心開始，並不求佛，因爲心即佛。笨者凡夫一味求佛，卻管不好自己的心，甚至不放下屠刀，如此求佛何用？

最後帶領大家誦持「地藏王菩薩滅定業眞言」。

唵 鉢囉末鄰陀寧 娑婆訶（三回）

再誦「懺悔偈」：

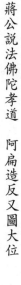

往昔所造諸惡業，皆由無始貪瞋痴；
從身語意之所生，一切我今皆懺悔。

蔣介石演講完畢，他偕夫人美齡女士很快回到廿七重天，而我們也將是學年末。這天，我的地藏經已上到最後，班上學生臉孔有新有舊，我告訴歐巴馬同學暫時委屈一下，下學期才當班長。我叫李□輝班長，把最後虛空藏菩薩問佛那段讀一遍，李班長應聲起立朗讀：

說是時語，會中有一菩薩名虛空藏，白佛言：世尊！我自至忉利，聞於如來讚歎地藏菩薩威神勢力不可思議。未來世中，若有善男子善女人，乃及一切天龍，聞此經典及地藏名字，或瞻禮形像，得幾種福利？唯願世尊，爲未來現在一切眾等，略而說之。

虛空藏菩薩從頭到尾在忉利天聽佛講法，問佛陀，若只是聽到這部經，或瞻禮地藏形像，或僅聞地藏之名，這些只是「小善」，可得那些利益？這不光爲天龍八部，也爲衆生而問。因六道衆生大多被動、愚昧，須要誘因才會來聽經聞法，包含老師我和各位同學。現在請歐巴馬同學把下一段念一變，歐同學起身：

佛告虛空藏菩薩：諦聽諦聽，吾當爲汝分別說之。若未來世，有善男子善女人，見地藏形像及聞此經乃至讀誦，香華飲食、衣服珍寶、布施供養，讚歎瞻禮，得二十八種利益。

佛告訴虛空藏菩薩說，若衆生只有這一點小小善心，也得二十八種利益。佛陀一口氣說完：天龍護念、善果日增、集聖上因、菩提不退、衣食豐足、疾疫不臨、離水火災、無盜賊厄、人見欽敬、神鬼助持、女轉男身、爲王臣女、端正相好、多生天上、或爲帝王、宿智命通、有求皆從、眷屬歡樂、諸橫消滅、業道永除、去處盡通、夜夢安樂、先亡離苦、宿福受生、諸聖讚歎、聰明利根、饒慈愍心、畢竟成佛。

佛陀也提到，天龍八部之類若有這些小善，也有七種利益，包含：速超聖地、惡業消滅、諸佛護臨、菩提不退、增長本力、宿命皆通、畢竟成佛。

萊斯同學似乎心情不好，我問：「萊斯同學，妳在陽世當過大帝國國務卿，但因協助小布希發動侵略戰爭，導至伊拉克和阿富汗兩國，光是平民死亡幾百萬，傷千萬以上，才會到無間地獄，妳的案子是經瑪麗亞、耶穌和多位教宗會審才送來的，妳了解嗎？」

「了解。」她細聲說，眼淚快掉下來了。

「很好，了解就要思過反省，專心學習，現在把最後一段念一遍。」她答一聲「是！」起立念著：

> 爾時十方一切諸來，不可說不可說諸佛如來及大菩薩、天龍八部，聞釋迦牟尼佛稱揚讚歎地藏菩薩大威神力，不可思議，歎未曾有。是時忉利天，雨無量香華，天衣珠瓔，供養釋迦牟尼佛及地藏菩薩已。一切會眾，俱復瞻禮，合掌而退。

十方八部，是總結開講以來的雲集聖眾，聽到了佛陀讚歎地藏菩薩不可思議的大威神力，是前所未有的。此刻，在忉利天落下無數香、花、天衣及珠玉瓔珞等，以供養釋迦牟尼及地藏菩薩。供畢，大眾俱來瞻世尊，瞻禮罷，散會，這才合掌退去。

佛陀是在講完這部經，就入涅槃了。也是佛陀孝道的完成，完成生前到忉利天爲母說法的大願。

學年結束之前，我除了交待同學們暑假功課外（註：地獄罪犯沒有暑假，他們仍須服刑，但有功課複習時間，也有其他讀經時間，由另外一批老師負責輔導。）又把陳口扁等同學企圖造反的事例，講給同學聽，希望大家眞誠受教、服刑，千萬別做傻事。

另外告訴同學們，暑假我也不能到各監所、各刑場、各地獄、各天牢看望各位，因爲老師打算到陽界或其他世界看看。最後我再對歐巴馬說：

「歐同學，爲何來到無間地獄想必你自己很清楚，要誠意反省才行。下學期本班同學也許小有變動，你應該還在這班，我先指定你是第二學年的班長，要好好表現，做所有黑人的模範。黑人在地獄之所以較多，主因是陽界美國種族歧視造成，但黑人自己也要負責是不是？」

「是！」歐巴馬起立回答。

「各位同學，我們下學期再見！」

「起立」李班長的口令，「老師再見！」

「再見。」

40 特別護照中陰身群　回陽界已過二百年

何樣的因緣？或有神魂的牽引？汪仁豪與蔡麗美、燕京山與尹月芬、蘇眞長與吳淑臻、我和安安，竟都無約而同時到了張美麗的辦公室，同時辦完了放假手續。

也都領了特別護照，她關心的在辦公室裡叮嚀：

「你們現在是領有特別護照的中陰身群，這個身份雖是暫時的，但因有地藏菩薩加持，中陰身可以維持很久，而且可以自由進出陰陽兩界，從現在起，你們回陽界看看，必須在第六十天午夜十二點前通過奈何橋，了解嗎？」

「了解，我們不會誤事。」眾人回答。

尹月芬突然問說：「我們在無間地獄當老師時間才大約一年左右，不知陽界現在怎樣了？」

「陽世有很多世界，各星系世界的換算都不同，就你們來的地球與地獄換算，地獄一年是地球的兩百年，但單是地獄內部也有時差。」張美麗解釋。

「啊——，兩百年，這麼久！」眾口同聲驚訝。

「祝你們旅途愉快！」

「再見！」

我們一行人八位，有說有笑，很方便的出地獄之門，過奈何橋，打開「蟲洞」，瞬間，到了陽世，是在晚上，但天上有二個太陽，一東一西，只是亮度弱了些，這也使得晚上有點不太像晚上。

到底天上爲何會有兩個太陽？大家活像小朋友猜謎語一般，你一言，我一語，都不能解開心中的惑。此時，汪仁豪說：

「先別管這些！以後自然會了解，我們先該知道這是甚麼地方，先了解環境才對。」

「對！」大家都說，我先發現遠處似有較亮的燈光，應該有人類居住，於是我接著對大家說：

「前面好像有燈光，去看看！」

走著、走著（註：我們可以用飛的、用跳的，來去自如。），現在我們知道，身處之地即非高山雪地，也不是沙漠或海洋，而是平原草地。

近了！近了！走近一間屋舍的門，大家對著門看的發呆，上面有「廁所」二字。突然，門打開，一個小女生約十四五歲模樣，邊穿她的裙子邊低著頭走出來，突然看到我們，發出一陣慘叫，向再前方的一排建築狂奔而去，叫、叫，拼命的叫：

「啊————，有鬼、有鬼、有鬼啊！……」

那尖叫聲在靜靜的夜空中，迴蕩、迴蕩……「有鬼……」

我的直覺是，「糟了」，我們可能神識未加收斂，而露「形」於外，或其他緣由吧！故那女生看見了，大家也有了警覺，我提醒大家說：

「注意收斂，把人家嚇死了，罪過可大。」

「是啊！是。」大家異口同聲，不久，見一群人，莫約十幾二十，有長者可能是老師，小朋友十餘人，手上各都提著一種超亮的「燈」，在廁所裡外到處看、到處照，啥也沒找到，一個男老師問那叫「鬼」的女生說：

「李媚娘同學，那有鬼？妳頭昏啦！」

「有，我明明看到一群鬼，好可怕哦！」原來那小女生叫李媚娘，很肯定的說看到。

有一位女老師走過去，很慈祥的抱住小女生的頭說：「阿媚啊！妳最近發燒頭疼，才剛剛退燒，我摸摸額頭，有沒有不舒服？」

現在，那小女生怎麼不堅持了，沈默一陣……另一位長者打破沈默說：「好了，沒事，上課吧！」

原來這裡應該是一所小小的鄉下中學，那一群師生都回去上課了，廁所附近的空地恢復寧靜，天空兩顆太陽高高掛著。

換我們沈默一陣，蘇眞長首先說話：「奇怪！她應該看不到我們的，這怎麼解釋？」

我說：「這也不難解釋，有人的眼睛確實可以看到常人看不到之物，例如特殊因緣、天眼通、感應、巧合碰到空間之門打開，都有可能。」

「好了！現在起我們要注意，這學校是我們進一步了解這個新世界的機會，我們該去看看。」蔡麗美的意見。

「對，好機會。」衆皆同意。

大家慢慢的接近，到大門口，有一老者當警衛，現在他當然看不到我們。我們抬頭看大門上方一排字，寫著「中國陝西省蒲城縣聖母中學」，原來大家到了這個地方。

大夥再往裡面進去，首先碰到一個班級，有塊牌子寫「二年丁班」，我們就在窗戶外觀看。那位叫「鬼」的學生也在其中，全班四十位學生。這時我示意大家看教室正前方的鐘和後方的日曆標示著：

公元二三二二年二月十日　晚上十一時三十分

看了一陣子，有位女老師進教室，正是那位慈祥的女老師，她先分發一些資料（作業吧！）給學生，然後說：

「各位同學！這兩小時我們上本國歷史，上回正好講到地方史，我要先把本校和附近村落這地方的歷史，說給各位聽。」她看看全班，走下講台，邊走邊說：

「我們成長這地方，自古以來就是一塊寶地，有佛、有菩薩保佑的地方。」她正好走到那位叫李媚娘同學旁，「記不記得以前講過春秋時代晉公子重耳的故事？」

全班齊聲答：「記得。」聲音宏亮。

「很好，大家都記得。」老師繼續說：「西元前六五六年，離我們現在快三千年了，重耳一行人就是逃到我們這地方，飢餓難忍，向村人（我們祖先）乞食，並將乞食得到的食物先祭拜亡母，然後再分食。後人爲紀念他們，把這村莊稱『敬母村』。到了北周時期，建立了『敬母寺』，寺中有五百僧人。」老師停一下又說：

「到了唐代，我們村人有在朝當官的，是一個受人敬重的清官。皇帝感念其母教子有方，改敬母村爲『聖母村』，改敬母寺爲『聖母寺』，但這聖母寺老早淹沒在時間的浪潮中，不見了跡影。」說到這裡，那老師停一下，走上講台又說：

「大約在三百多年前，公元二〇〇九年時，中國陝西省考古研究院，在經過本村的包西鐵路施工時，挖出聖母寺遺址，也出土很多古物。現在蒲城縣博物館內保存的唐聖母寺四面造像碑、八棱經幢，都是聖母寺內的寶物，那八棱經幢更是唐代郭子儀後人郭什令等人建造，造像碑銘文有本村先祖姓氏，這是我們所住地方的簡史。」

她講完看看同學們，問道：「了解嗎？」

「了解。」學生們可愛而有力的回答。老師又說：「你們先看自己作業的問題，下節開始講中國近代史。」

我們在窗戶外也聽的津津有味，原來我們一進入陽界就到了一個寶地，大家商量著要去那裡？因爲前世的「業」對我們有牽引，神識依然有感應，部份深刻的記憶仍在，都會慢慢被「喚醒」。正當我們商議著，下課鈴響，孩子們都去玩，我們也到處看，這學校總共才十二個班，老師大概不到二十位。

上課了，我們又回到二年丁班，只是想聽那位老師講中國近代史。老師來了，同學們都就定位，老師就對著一個男同學問：

「葉大雄同學，近代史上有幾次和我國有關的大型戰爭，分別爆發在那些年代？」

「這——」他這了半天，然後說：「戰爭有很多次，每次都很大，要從甚麼時候算起？」

老師有點生氣：「大雄，你是怎麼讀書的？」看他的窘態，我們都要笑了。老師又對另一女同學說：

「郭春花同學妳講！」

「有兩次核子戰爭、一次星際大戰，年代忘了。」

「班長王偉大說。」老師又叫另一同學回答。

那位班長果然記得清楚，起來毫不含糊說：「公元二一八二年第一次世界核子戰爭，二二六二年是第二次，還有二三〇〇年的『９１１星際大戰』，已過了三十多年，我國也休養的差不多了。」

那位老師讚美了班長後，便將近代史這三大戰爭的起因、過程和結果概要講了一遍，細節以後再述。簡而言之，兩次核戰爲地球帶來大浩劫，約死了一億人。而星際大戰則是人類太空發展到二三〇〇年時，月球和火星殖民人口、資源、環境及本身科技，已強大到可以獨立，所以「９１１星際大戰」時，地球各強權已無力控制火星和月球。

於是，月球上出現「月球中國」、「月球俄國」和「月球印度」三大國及若干小國；火星亦然。換言之，人類社會一進入廿四世紀，在太陽系內有三個中國、三個俄國及三個印度，而太陽系內所有空間和星球，也被這三強瓜分，當然是中國吃下一半，另半由兩個次強平分。

但說地球無力控制火星和月球，大概也言之過早。因爲地球經第二次核戰後才三十多年，元氣尚未復元，若眞和月球、火星決戰，損失更爲慘重。未來若地球各強權戰力恢復，團結對付月球和火星，他們要獨立也難。這是我們自己的討論，不久聽到鈴聲響，又上課了。

進教室的是一位男老師，手上拿一本地理課本。果然，學生坐定位後，就先問學生：

「本學期上地理概述，上回講到那裡？」

「全球氣候與人口。」學生大聲說。

這位男老師看上去大約中年人，個子不高，看起來有點嚴肅，接著他先來一段開場白：

「大約四百多年前，人類社的推行一種可怕的資本主義式民主政治，才一百多年把地球生機徹底摧殘，導至第六次大滅絕提前且加速爆發。廿一世紀初，地球開始發高燒，不可逆的愈來愈燒，很多地方不能住人，這時地球尚有六十億人口，但世紀末剩約十億。到現在，才廿四世紀初，全球人口剩七億，照這樣發展下去，人類不出幾百年便絕種了。」

聽那老師講這段話，我心頭一震，牽動前世記憶似也加速甦醒，尤其聽到「資本主義、民主政治」、「第六次大滅絕」等關鍵詞，及人類要絕種等震憾語意。每個字都像一記禪宗「棒喝」，奇怪的是，我們八個「中陰人」都有相同感覺，正當我們驚奇之際，那男老師叫起一位男同學說：

「陳□扁同學，你把目前全球氣候和人口分佈，很簡略的說給大家聽。」

聽到「陳□扁」三個字大家更是心頭震驚一下，難不成陳□扁真的在無間地獄造反成功，逃回陽界做亂不成！一個「念頭」未止，只見那男生起立說著：

「人口最多在南北極附近，白天平均攝氏三十三度，人可以住地面上。赤道附近白天平均約五十五度以上，晚上平均四十度以上，都沒有人住。其他地方約百分之八十沙漠化或無水，地面上白天不適生物生存，只有少數人住在地下很深的地方。」

啊！原來是同名同姓者，大家都鬆了一口氣。這時聽到老師讚美陳□扁說：

「你說的很好。」向全班說：「大家要向陳同學看齊，他讀書很用功。」老師再問那陳同學：

「你把人口分佈說清楚一點吧！」

陳□扁又起立說：「我們中國有三億、俄國一億、南極三大國約一億伍千萬、美洲和歐洲各約五千萬、澳洲約一千萬，其他還有一些零星的，這些不含人類以外的人種和不住地球的人種。」

老師鼓掌讚美陳同學，然後問全班：

「有誰能補充人類以外的人種和不住地球的人類有多少？還有非人類人種主要用途爲何？」

全班左顧右盼，無人應答，那位叫王偉大的班長只好舉手，起立說：

「非人類人種主要指光合人、電腦人、生化人、固態和液態機器人等，大多用於軍隊、警察、危險工作、地底、海底和外太空探險等，數量不好估。地球以外有人類住的星球，月球有一億，火星有五千萬，另外太陽系內其他行星也有人類和探險機器人，數量不多。」

老師讚美班長表現好，又解釋一些問題，下課到了，我們也跟著下課。

下課時部份同學到外面玩，現在雖是三更半夜，因有兩個太陽，所以外面不完全是黑漆漆。有幾位同學和老師仍在教室，我們也好奇的到處看，像在尋寶。

上課到了，同學們都進教室，我們也在窗外就定位。那男老師開口說：

「近幾百年來，因地球第六次大滅絕，造成無數氣候大災難，也完全改變了國家的領土位置。」講到這裡時，老師眼睛注視著葉大雄，看他玩手上的一件東西，葉大雄沒發現老師看他，全班也在看他，老師提高音亮：

「葉大雄，何謂南極三大國？」

他嚇了一跳，站起來說不出話來，全班笑成一團，老師轉頭叫「郭春花」，她應聲起立，「妳說。」

「所謂南極三大國是美洲國、歐洲國和非洲國。」

「郭春花很有進步。」老師讚美她，並提醒同學，打開課本看第二章，仔細講解近幾百年主要國家的領土變遷，感到可怕而憂心。

原來沿赤道兩側數千公里因高溫和缺水，從一百多年前人口開始向南極移動，形成現在的南極三強（美洲國、非洲國、歐洲國），而北極附近由中國和俄國瓜分，約爲中七俄三局面，其他有小國數十。

原來的北美洲、南美洲、非洲、歐洲、亞洲這些大塊陸地，雖大多數地區不能住人，卻總數仍分佈著一億多人口。他們白天住地底深處的「地下城」，晚上則在地面上活動。

還有很多大島都不見，中美洲和南洋各島國、紐西蘭、馬達加斯加……早已不見了。

我們比較關心中國，按老師所述，中國最適宜人住的地區已非廿一世紀時的「秋海棠」，而是廿四世紀的東北到北極圈。整個工業、科技、政經中心完全向北移，不可思議！

聽同學們討論著課程，天亮前四點到五點，有一節課是「生活與科技」，七點鐘以前有一小時「體育與自由運動」時間。老師提醒所有學生，必須在早晨七點三十分之前全部「進洞」，不准留在地面上。

「生活與科技」課程，講人類社會到廿四世紀初，與人類生活和前途有關的科技發展程度。又來一個男老師，課堂上有討論、師生問答、閒聊等方式，上課還算活潑，老師爲引起小孩好奇、興趣，也舉些實例。記述如下。

講基因工程科技，老師提到中國北京恐龍動物園。（此時的中國北京都城就是維科揚斯克，在北極圈內，古西洋名叫VerkhoYansklу.）這是當代全球唯一的恐龍動物園，有各類品種數十隻。在廿三世紀下半，中國科學家已能使滅絕恐龍基因復活，到二三〇九年正式成立恐龍動物園。

講到能源科技，老師提到地球上空十一個人造太陽，南半球五顆，北半球六顆（中國有四），有多少重要功能。原來這時地球上空這麼多太陽，難怪我們看到兩顆太陽，加一個自然太陽，就共有十二顆太陽。

講到太空科技發展，用下圖表示最清楚。（比較29章的圖，可知其發

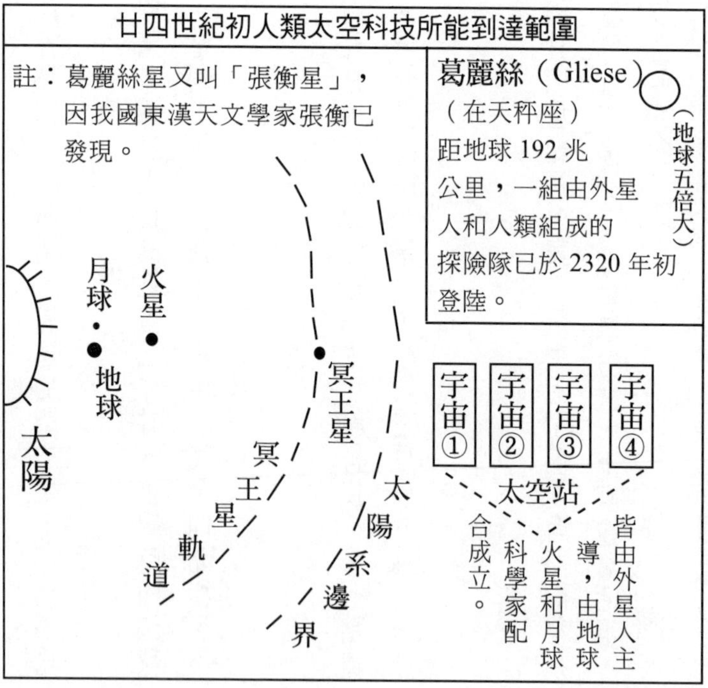

展的連貫性。）葛麗絲（即張衡星），我國東漢天文學家張衡發現，有水、有空氣，是地球五倍大。一支由外星人、火星、月球和地球人類科學家組成的探險隊，在兩年前已成功登陸張衡星。可預見的大未來，太陽來內各世界的人類及其他物種，必大量湧至該星球。

講到交通科技就更神奇了，兩百多年前，地球到火星往返一回仍要一個月之久，到廿三世紀初只要三天。到廿四世紀初，二三一七年吧！中國教育單位率先推出「寒假遊學太陽系」課程，反應熱烈。但那位老師講到這段時，顯得有些遺憾，因爲像聖母中學這樣邊陲中的邊陲，始終排不到名額，不知等到何時，才能讓這裡的孩子們來一趟寒假遊學太陽系。

講到生化、電腦、奈米和光電科技，大多已是連小朋友都知道的常識。例如軍隊、警察或執行危險任務，其組成人員已有九成「不是人」。而是一群生化人、光合人、液態機器人等，至少十多種，統稱「智慧型人造人」。

「生活與科技」之後的體育活動，我們也乘機到處看。在早晨七點三十分前，也跟隨一群師生「進洞」（原來是地下城的入口）。哇！裡面是另一個「人住」的世界，有很多通道，進入很深的地底，嚴然地下小城，應有數百人之衆。我們找到一處無人的大洞穴（像會議室），在裡面休息、聊天，然後又去「逛大街」，看人們怎樣在地下生活。

到了一處大廣場，看有人在慶祝，並有紅布條寫著「祝賀聖母中學校長李登山夫人吳淑臻弄璋之喜」，仔細觀聽，原來是校長夫人昨天（二月十日）上午生了孩子，村人表示慶祝。

晚上七點，我們又隨一群師生「出洞」，今天的課有中國文化、歷史、音樂，勞作等，我們竟然又跟二年丁班一起上課、下課，早晨又進洞，晚上又出洞。如此這般，過了幾個月，已是學期末，我們只想利用機會多了解這個新世界。

現在我們知道很多人的名字，例如，那位很慈祥的女老師叫莫云，地理男老師叫方飛白，生活與科技是吳明興，文學老師范揚松等，而校長的兒子取名「李□輝」，眞是太奇了！

學期結束前幾天，在地底一個無人洞穴（房間）內，我們討論著大未來要怎樣用？燕京山道：

「我們此行之目的，並非單是到陽界走馬看花，我們是學佛修行之人，應該向佛緣的方向前進才對。」

「很有道理。」我也表示：「我們時間不多，人類社會的新奇事物不是我們的重點。」

尹月芬問：「我們有多少時間呢？」

安安答說：「我算過了，無間地獄一個月等於陽界地球十七年，等於說我們有將近三十四年可用。」

蔡麗美驚異說：「哇！在人世間算很長了。」

汪仁豪聽了幾人意見，也忍不住說：「我覺得再來一回禪宗祖庭之旅，是很有意義的事。儘管那些地方可能因氣候變遷而成了廢墟，但那有甚麼關係呢？」

蘇眞長也說話：「中國整個政經中心、人口與人文文化都移向大北方，乃至北極圈內，那些地方必定是佛法的新重鎮。所以，祖庭之旅後，我們應向大北方前進。」

大家都點頭稱「是」。

我也補充說：「還有一些地方值得去，安安到過月球，我到過火星及最遠的宇宙一號太空站。現在人類又到了其他星球，建造了新的太空站，那些地方也必定是佛法盛興之處，我們也該去。」

經過幾次討論，我們把大未來定位成「中陰身陽界禮佛參禪修持之旅」，也選好吉日良辰出發。

41 三世緣起重遊祖庭　斷垣殘壁緣滅性空

從蒲城聖母中學一路向東，距洛陽並不遠，幾百華里吧！我們一行人利用晚上遠足，談天說地，白天則在一些廢墟、古城、洞窟中避熱、休息，或打坐、參禪，或辯論佛法。有些地方則會多待些時日，甚至住上很多天。

這一天夜裡，天上兩顆太陽被薄雲遮住，但仍是一個夜明風高的晚上。我們到了中國古文明發源地仰韶郊外，在一座亂石堆上小坐、閒聊、看月，四雙八人竟正好坐在四個大石頭上。汪仁豪性致來了，站起來抬頭看著東方，口吟一詩：

三更半夜一群鬼，兩顆太陽愛相隨；
參禪禮佛無情法，十方六道何時歸？

汪仁豪才把詩吟完，吳淑臻已先開口抗議說：

「喂!汪老師,你不要罵人呀!你連蔡麗美也罵進去了吔!」

大家開懷的大聲笑,在這空闊、寧靜而穹隆微明的夜裡,聲音傳的好遠、好遠,笑的腰都彎了。這才異口同聲說:「是呀!你才是鬼!」大家又笑一團。

大家都不笑了,燕京山一本正經,好像發現了問題。他對著汪仁豪問道:

「汪兄,無情說法,你聽的到嗎?」

「聽不到。」

「那我再問你,你能說無情法嗎?」

「不能。」汪答的乾脆,又補一句:「我也不會說無情法,但相信我有感應的。」

燕京山乘勢猛攻,詰問道:「無情法你即不會、又不能,也聽不到,詩中那裡有無情法,感應太不確定。」

「這——,」汪仁豪一時答不上來,只好應付一句:「雖不確定,還是有感應,總比沒有好。」

「有情」,是指有生命的人、禽獸、動物等。「無情」指山河大地和有生機的花草樹木等,這時大家好像興致來了,我乘機問大家說:

「無情說法可有經典上的根據?」

安安平時話不多，這回卻搶答：「阿彌陀經有記載八功德水、七重行樹，一切皆悉念佛、念法、念僧，所以西方極樂世界裡，就連花草樹木都會宣講佛法。」

尹月芬聽了，不禁失聲叫道：「啊！是這樣啊！」意思說無情說法果眞有其事，且有聖典根據。

我讚美安安，果然有用心讀經。而汪仁豪也似有悟，拈出一句洞山良价禪師的偈語：

「也大奇!也大奇!無情說法不思議，若將耳聽終難會，眼處聞聲方得知。」

這時換成大家讚美汪仁豪對禪法、佛法有領悟，但我仍對「十方六道何時歸」有意見。學佛之人應了然「緣起法」原理，萬事萬物因緣和合而生而成，不須急，好好修行，到了「該歸去」時，便有「家」可歸。衆人同意我的看法，閒聊一陣，我們起身繼續向東走。

不論白天躲在洞穴中避熱或晚上行進，我們開始諦聽「無情」講經說法，使六根互用，圓通無礙，才是悟道之妙用。「阿彌陀經」說：「情與無情，同圓種智」，正是此理，誰說山河大地、亂石廢墟不能講經說法??

不知經過多久，我們竟快到洛陽，大家有些興奮，更興奮的是在接近洛陽的一些村莊，晚上開始有人從地底的深洞中出來活動。到了洛陽城，也開始看到有「進步文明」或「科技產品」。大家商議著要住久些，尤其要到少林寺「達摩洞」壁觀禪修，達摩能一坐九年，「我們要一坐十年才能超越達摩」。這是燕京山說的。

「你行嗎?就是坐上一百年，也超越不了達摩吧！」四個女生同聲這樣說。

「這倒是。」燕京山乖乖的說了。

但洛陽現在成了怎樣的「城」，說來也不意外，這座素有幾千年「牡丹花城」的「神都」，在廿一世紀初有人口一百五十萬。如今因氣候鉅變，才不過廿四世紀初，一切的金銀寶器古物全隨著人們移往大北方，只看到一些尚未完全頹圮崩倒的主體建築，孤伶伶的立於一片又一片的荒蕪土地上。

我們在洛陽停了很久，至少有三個月。白天在地下城和人們一起生活，地底有很多坑道，設計不少適合人居住的建築，頗似古代的神殿。現在我們知道了洛陽地底城住有一萬多人，這是此區域所能維持最多的人口，爲了想知道更多，我們也到圖書室查資料，幾千年來洛陽因位黃河邊，始終維持繁榮局面。

可惜的是，一百多年前黃河水開始涸枯，不僅黃河之水乾了，中國境內長江、珠江、漢水……及洞庭湖、鄱楊湖、巢湖……早已全乾了。

我們進而又查資料，全球五大洲的大河、大湖之水早在百餘年前都乾了，難怪都不能住人了，只剩南北極適合人住。

住洛陽城地底的一萬多人，只靠很深的地下水維持生命，大部份時間在地底，白天地面上溫度平均約在五十度以上。石頭、土地和傾倒的古城牆都被晒的直冒煙，有時更是引發燃燒，所以白天無人敢「出洞」，只有晚上地面上才有稀疏的人影。我們就是利用晚上去了很多地方。

東區舊街的隋、唐糧倉遺跡「含嘉倉」，中國最古佛寺「白馬寺」、洛陽博物館、郊外的關林「關帝廟」，龍門東山琵琶峰上白居易墓塚。而龍門石窟更待的最久，古陽洞、藥方洞、奉光洞、蓮花洞、萬佛洞和賓陽洞等，上開等，斷井頹垣依舊在，只是風光早已改。

對於所看到的成、住、壞、空現象（眞理），我們並不感到特別哀傷。但我們不死心，有一天夜裡我們八人在萬佛洞禪修、靜坐，企圖與佛接心，很確定的，我們同時進入禪定，且到了忉利天。佛陀正在講經說法，且已到了即將結束，佛陀講最後一句時，頭轉向我們說：

「凡所有相皆虛妄。」似乎在對我們講。

我們八人同時一驚，回神，口中念著「凡所有相皆虛妄」，出定後我們了然於心，個個臉上綻放著拈花般的微笑。回到城裡「進洞」後，在一個辦公室看到人們的行事日曆，更是一驚，我們入定去忉利天，不過瞬間吧！人間已過四十九天。

隔日，我們起程再向東行，目的地是登封少林寺五乳峰「達摩洞」。當我們於午夜到達少林寺，有三、兩僧人正在整理殘破的寺院，又沿六百石階到達後山的達摩洞。所幸石階和崖洞完好，此應千年、萬年不朽之物。

這一夜我們坐在達摩洞前面看月，想要感受達摩當年在此禪坐入定九年的境界。燕京山突然感慨說：

「照目前的情形判斷，二祖、三祖、四祖、五祖、六祖的道場，現在都只剩斷垣殘壁，人不在，佛法也不在，甚麼都沒了。」他像自言自語，像問大家。

我答道：「是甚麼都沒有啊！」

「甚麼都沒有，去做啥？」

「通通都在也是沒有，通通都不在也是沒有。」

「這麼說本來就沒有。」燕京山似有所悟。

有女生的聲音：「他們在說甚麼？一下有，一下又沒有！」

「他們在談禪。」安安說。

是啊！談禪，說到世間的眞理，有時得從肯定上去認識，有時得從否定上去認識。如「心經」所說「色即是空，空即是色，受想行識，亦復如是。」這是從肯定中去認識人生，認識世間眞理。

「心經」又說：「無眼、耳、鼻、舌、身、意，無色、聲、香、味、觸、法……」這是無六根，無六塵，沒有主觀的自我，也沒有客觀的境界，乃從否定來說認識人生，也從否定認識世間眞理。

這段思想辯證引起大家好奇和興趣，蔡麗美也發難問我說：「眼睛是你嗎？」

我笑笑，然後回答：「不是。」

「耳朵是你嗎？」

「不是。」

「鼻子是你嗎？」

「不是。」

「舌頭是你嗎？」

「不是。」

「那就只剩下身體是你的囉？」

「也不，色身只是假因緣、假合的存在，也不是眞我。」

蔡麗美又追問：「最後只剩下『意』就是你啦！」

「還不是。」

「既然眼耳鼻舌身意都不是你，那麼，請問你在那裡？」蔡麗美最後的問題。

蔡麗美問完看看大家，衆人笑說：「我在這裡。」我也哈哈大笑，我說：「換我詰問各位。」

「窗子是寺院嗎？」

有零星的回答：「光只是窗子不是寺院。」

「門是寺院嗎？」

「不是。」

「磚、瓦、木材是寺院嗎？」

「也不是。」

「那麼，佛像、佛具、樑柱才是寺院嗎？」

「當然不是。」

我解說道：「窗、門、磚、瓦、佛像都不是寺院，也不能代表寺院，請問各位，寺院又在那裡？」

眾人恍然大悟。

眾人悟了甚麼？就是這世界的眞理，「緣起性空」。萬事萬物都是因緣和合的存在，沒有因緣，就沒有一切。我們所要去的二祖慧可「無相禪寺」、三祖僧璨「乾元禪寺」……之存在或不存在，其理亦同。一切都是因緣而生，因緣而滅，包括地球走到今天的地步。

我們的身體是假四大因緣而和合的，寺院也是假種種因緣而成的，我們是活在因緣和合裡：緣聚則成，緣散則滅，正是所謂「緣起緣滅」。能悟「緣起性空」，才能見到禪的風貌，此說是佛法基本思想，不如說是宇宙間各世界的眞理。

接下來很長的時間，我們白天在達摩洞或附近崖洞禪坐、修行，或進入少林寺地宮，只有出家人約二十餘人。晚上才會到地面或洞外活動。

這一夜，衆人在達摩洞前仰觀天星，並共同決議祖庭之旅仍要完成，之後再到大北方找尋新中國佛法盛況，最後巡禮其他星球的傳法情形。大方針大致底定，衆人心中也踏實多了。這時汪仁豪突然丟出一個問題：

「修懺悔法門是爲自己懺悔？還是爲他人懺悔呢？」

燕京山輕輕冷冷的說：「有罪就該懺悔啊！」

尹月芬問：「誰有罪？誰沒罪？」

蘇眞長站起來面向大家說：「從來沒做過壞事，沒做過任何一件虧心事的，請舉手！」他看看衆人，大家相視而笑，無人舉手，一會兒，衆口冒出一句話：

「我們都是罪人。」

當大家議論著「誰是罪人」時，蔡麗美問：

「相信也有很多生生世世清清白白吧！那他還要修懺悔法門嗎？」

衆皆無言，吳淑臻也開口說：「對啊！懺悔法門爲誰修？若爲自己修，自己罪性從何而來？若爲他人修，他人非我，我怎能爲他人懺悔？」

衆仍無言，安安加入議論說：「是呀！他人無悔意，我爲他修懺悔法門何用？」

從頭到尾我都當一名聽者，安安看看我問：「你怎麼沒意見？」衆人也轉頭看我。

於是我說：

「懺悔法門有層次深淺，有法懺，誦經、禮懺都是；有功德懺，做種種好事，將功折罪，也可以消除罪業。還有無生懺，如有一首詩偈說：

罪從心起將心滅，心若滅時罪亦亡；

心亡罪滅兩俱空，是則名爲眞懺悔。

為自己懺，亦為他人懺；為他人懺，亦為自己懺。自他無二，事理一如。何必要把自己與一切衆生分開？」

我簡略說完時，衆皆鼓掌稱好，蔡麗美道：「還是李明輝大哥最有學問，對佛法最有領悟。」

「大家都很有領悟，否則不會問這類問題。」衆人點頭、靜聽，我再補充：「事相上，有罪有業，有業有報。但在自性本體上，那有罪業之假名？」

汪仁豪似鬆一口氣般說：「好險！心若滅時罪亦亡，心亡罪滅兩俱空。」

大家又笑彎了腰，待大家笑一陣，我覺意猶未盡，再補充說：「各位記不記得蔣介石到無間地獄演講，提到七佛通偈警語說，諸惡莫作，衆善奉行。佛弟子所要追求的還要超越善惡之別，這是自淨其意 **Sacittapariyodapanam** 的途徑，以最高的清淨與安穩，接近所有的生命，即成為覺悟佛陀教導的共通點。」

這一晚我們談論著「罪」的問題，之後再決議近期開始向大南方啓行。最後再進入達摩洞禪坐，頃刻，似與達摩老祖同時入定，身形與崖壁合而為一了。

42 祖庭旅後重遊北高　北極中國再一盛世

離開少林寺達摩洞，我們一路向南行，多日後，到一處彷彿古代水庫遺跡。不久見一石碑，刻有文字曰「古白龜山水庫遺址」，上有小字說明歷史沿革，一百多年前已完全乾涸。

古水庫附近一座山，亦立有石碑曰「平頂山」。這天，大夥兒在這山下崖洞中避熱、休息。翌日晚，安安向眾人公布說：

「禪坐曾有入定，觀音菩薩託一夢，說她在附近山上講經。」問眾人是否有夢？都沒有。可能因安安在地獄主講觀世音普門品，與觀世音最能接心。

於是，之後的幾晚我們留連於平頂山，安安研究此處各殘存遺跡，並與所學驗證，得知觀世音菩薩成道的「大香山」就在平頂山，所以平頂山也等於觀音祖庭。更早妙善公主成道的祖庭「大普門寺」，亦在此山中。眾人皆感「踏破鐵鞋無處尋，得來全不費工夫」，千載良緣，當下由安安引領先唱「楊枝淨水讚」，再誦「開經偈」：

無上甚深微妙法　百千萬劫難遭遇
我今見聞得受持　願解如來眞實義

再誦念「妙法蓮華經觀世音菩薩普門品」：「爾時，無盡意菩薩即從座起，偏袒右肩，合掌向佛，而作是言：世尊！觀世音菩薩，以何因緣名觀世音？……皆發無等等阿耨多羅三藐三菩提心。」

數日後我們一路再向南行，感覺愈是往南，天氣愈是惡劣，氣溫高且風暴強，烏雲又多又濃。當雲散後，地面的土、石如滾燙的火山，了無生機，所見江、河、湖泊早已全面乾涸，少數重要地方亦立紀念石碑，內容都敘述，早在一百多年前因氣候鉅變，溫度升高，江河無水，人口移向很遠的大北方。

有些地方看起來，像是尚未演化出衆生的星球，因緣未到，或許千萬年後，此處又成多樣生命的舞台。

彷如無人的星球上只有八個孤魂，一直向南飄泊、雲遊，過了很久、很久，經過很多已成廢墟的古城、古鎮。一塊塊如墓碑，雕鑿著工整的字：「襄陽遺址」、「武昌」、「長江渡口」、「古長江大橋遺址」、「古洞庭湖」、「長沙」……地面上生物絕跡，江、湖都乾枯，石碑上記載著最後一批人離城的時間，及長江、洞庭洞剩下最後一滴水的年代。

但叫大家興奮的，是我們在洞庭湖附近地底深處約三百多公尺，發現地底小城，人數約數百，可能是洞庭湖地下水所能維持的生命數量。這裡是我們離開洛陽地下城後，第二處人多的地方。

如此這樣，從二祖慧可的「無相禪寺」，到六祖惠能削髮的光孝寺和駐錫的南華寺，我們一一巡禮。可以預見各道場只剩殘破的主體建築，國寶文物都不知去向，如南華寺內的六祖眞身像、大唐御賜千佛袈裟、聖旨、北宋木雕五百羅漢等，去了何方？或「成住」後，已「壞空」，大家仍多疑問！

這一路向南、向東又向北的旅程，是我們重回陽界的參禪禮佛之旅，不僅與佛、菩薩接心，也和歷代祖師接心。祖庭之旅於三世以來已有幾回，故並未留連太久，到是地藏王的道場九華山卻留連不去，應是有特別的因緣。

地藏菩薩的道場在安徽省九華山（石碑銘文所記），唐代有位新羅國王子，名叫金喬覺，二十歲出家，法名地藏比丘。唐貞觀四年，航海來到九華山參覺，後長住於此，並發願在這聖山啓建佛寺。

有一次，比丘央求地主捐地，地主問要地多少？地藏比丘說：「謹要一袈裟之地足矣。」因覺得要地不多，地主便慷慨答應了。誰曉得地藏比丘把袈裟敞開後，竟將整個九華山全部蓋住了。

地主看見比丘的神通，便將九華山之地全部發心捐出，並成爲地藏比丘的護法。這是九華山成爲地藏菩薩道場的源起。我們這一行人到無間地獄擔任教席，不知與地藏菩薩有幾世之因緣，故我們在九華山留連不去。

某日，已是午夜深深，我們坐在九華山之頂，頭上是燦爛的星空，氣溫仍是高。有風，如自火爐中鼓出吹來，但天上不見兩顆太陽——是很久不見了。我們已聊了一陣的禪，談禪、解禪、悟禪、說與不可說的禪，我忽地心思欲動，問大家一個問題：

「佛陀傳位給迦葉只是一個微笑，達摩傳慧可也無言，這是禪宗不立文字、不落言詮的傳統。但禪悟了沒？懂了沒？有境界、沒境界，總要有個表達吧！誰能解釋這種悟與未悟的境界？」

聰明的安安先抓住語病說：「禪不是知識，不能解釋。」

「對，不能解釋。」我也立即反應。

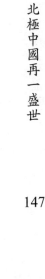

汪仁豪笑說：「迦葉用笑的，慧可無言，我們總不能用吼的，或用哭的吧！」

「也許。」我答。我知道安安對這問題有心得，一會兒，眾皆無言，我對安安說：「妳說說看。」

安安說：「宋朝大文豪蘇東坡對禪的修持很有心得，他用三首詩說明悟禪的三階段。先是未參禪之前：

廬山煙雨浙江潮，未到千般恨不消；
及至到來無一事，廬山煙雨浙江潮。

這是未參之前的境界，內心對客觀世界有太多牽扯，所以內心有很多起伏，到頭來白忙一場。眞正參禪，開始有了境界：

橫看成嶺側成峰，遠近高低皆不同；
不識廬山眞面目，只緣身在此山中。

第三階段是開悟以後，東坡另有一詩：

溪聲盡是廣長舌，山色無非清淨身；
夜來八萬四千偈，他日如何舉似人？

第三首詩氣勢甚是磅礴，出語驚人。但後來有位叫景元禪師的，認爲東坡未達禪的境界，一位叫證悟禪師用另一詩超越東坡的境界：

東坡居士太饒舌，聲色關中欲透身；
溪若是聲山是色，無山無水好愁人。

安安講完，我向大家表示，禪不能言說，不能以文字論述，也不是思想性的東西，只能靠自己實證領悟。但對於蘇東坡和證悟禪師二人，誰的境界達到「禪境」，雖仍衆說紛紜，這也表示人生要「悟」是不易的。「靈山拈花、迦葉微笑」是佛陀的境界；慧可無言，但達摩心領神會弟子的「肢體語言」，這是達摩的境界。

祖庭巡禮結束，我們開始向大北方前進，看到很多可以幾近「永恆不壞」的古建築，如長城、摩天樓、大水庫、鐵公路……都是人類文明的遺跡。如今像一個個即將倒下的老病者，任無情的時間啃飭著，遲早也在時間之前化爲灰燼沙土。意外的是，我們又發現較緣海的方向，大湖江河的地底下，也有零星地下城仍有人類生活，小則數百，大則上千，有學校等公共設施，惟都在地底深處數百公尺。而白天的地面上，仍不適任何生物生存。

再往北，出長城，看到更多立碑紀念的古城，「古承德遺址」、「古瀋陽市遺址」、「古牡丹江遺址」……可的是近海地方已有較多人口，有文明，有商業活動，只是人的生活起居、公共活動仍在地底。地下城的規模也較大，小則上下，大則數萬。地面上的夜間活動也較多，如市集、學校、玩樂等。

這一日的午夜，我們到達一處，有石碑寫著「中國海參威港」，有很多人蝟集，趨前一看原來這裡是一個旅遊爲業的小港口。看板上寫著「海底古城探險之旅」，包含釜山、神戶、大阪、京都、上海、台北、高雄、香港、澳門等，數百年前沈海底，如今是旅遊景點。

這個發現叫大家興奮，我們選擇一艘掛著「海底古城台北高雄之旅」的遊艇，實即一艘小型潛艇。我們隨一行人進入，乘客共約四十多人，一進船艙，牆上掛一日曆，正是二三二五年三月一日。不久啓航（下沈），航行一陣後，有廣播解說，大意是歡迎參加海底古城之旅。

廣播員也詳細介紹行程，台灣島於廿二世紀初全部沈落海底，此行直達台灣，先到高雄，回程到台北，並在我國古扶桑州長崎停留半天，再回海參威，全程兩夜三天。廣播員又說，因海面溫度太高，不浮出水面，全程在海底航行，最深潛至三百公尺，海底景色美麗，生物仍多（並未全部絕種）。

最後廣播員強調，本潛艇是最先進、安全的海底遊艇，旅客安心遊玩。又過很久，又有廣播說：「我們的東邊是古倭奴王國，數百年前曾是我國扶桑州，約二百多年前沈落海底，再往南是我國東海，旅客盡情賞景。」

過不久，廣播說本船已停在台灣海峽一百五十公尺深處。現在起放慢航行速度，方便旅客觀賞，本船將進入沈落的古城高雄市。船上的人閒聊著，有說其先祖曾住高雄，有說先祖曾住台北，原來都是來尋根的，這「根」也牽引著我們，否則也不會來。

廣播又介紹，整個高雄地區沈落深度約在八十到一百二十公尺間。進入市區，視線忽好忽壞，高大建築物東倒西歪，仍可看出形狀，並未完全毀壞。遊人聊著，我靜靜看著……導遊也盡職，不時廣播這裡是前鎮區中山路、成功路、光華路……這裡是苓雅區中正路、三多路……這裡是鳳山軍校遺址……

導遊說著我們神識有些微微波動，遊客有的興奮大叫。但因沈落時間已久，各種設施、標誌早已毀壞不清，沒有解說根本不知爲何物。莫約過了很久，播報說晚餐後休息，北上經過彰化、新竹會有短暫停留，遊客可賞景或睡覺，明日早餐後我們就在海底台北城。本遊艇將利用一天時間遊台北城。

台北城，這個牽動夢魂的地方，在如何的修爲，聽到這名字依然在平靜的心湖中圈起一圈圈漣漪。當導遊一一介紹，這裡是淡水、關渡、中山北路、中山南路、羅斯福路……似曾相似的記憶，模糊的水色，其實都看不很清楚，在海水裡泡了幾百年了，像上世的記憶……

「台灣大學」，這聲音從廣播中迴蕩，導遊提起這段歷史，西元一八九五年時……是五個世紀以前了，漢倭奴王國侵略這小島，殖民五十年……民族英雄蔣中正先生收回台灣……汪仁豪、安安、我、麗美、燕、月芬、蘇、吳，前世的共同記憶，在海底甦醒了。

「前面是１０１大樓，曾是世上最高。」導遊說著，「我們在基隆路上方」，依然未倒，也是奇蹟。是旁邊的大樓倒向它，把１０１大樓撐住了，故未倒下。

這天大台北看盡了，北到南，東到西，建築大多倒西歪，看不清楚，想必經過太多、太久、太大的破壞，之後向北航行。到長崎已是第三天上午，待回到海參威已是午夜。

離開海參威，我們又一路北上，漸漸感受到一個生物可以存活的環境已然出現，白天人們可以在地面上短時間停留。開始有青山樹木花草，有人口聚集的城鎮，有公權力的行使，惟人們仍得住在地底城。

經過一個地方叫「璦琿」，有一所中學叫「中國大興安州璦琿中學」，我們又在這裡聽地理和歷史課的老師，講近二百年來爲適應地球鉅變，中國的人口、社會、國土變遷和世局發展。我們更清楚知道，中國政經中心已在外興安嶺以北到北極圈內，整個北極已由中國和俄國瓜分，中國佔東方七成，俄國佔西方三成。

在教室後掛著一幅中國地圖，仔細看，烏拉山以東，外興安嶺以北，中國各地方行政單位：四川省、湖南、湖北、新疆、新藏……大興安州、扶桑州……北極圈內有一小島名「新台灣自治區」。

此時所謂「中國人」已非全是「炎黃子孫」，有很多各色人、各民族，如日耳曼族、猶太族、拉丁族、古非洲各黑人族、白人……數不清。

不知過了多久，至少是外興安嶺以北了，大帝國的政經氣勢日愈明顯。我們到了一處大城，城外石碑有「新廣東省省會廣州市」字樣，另一排小字，說明建城年代和背景。原來此地原是古俄羅斯「奧勒克明斯克」地區，新廣州市也建城於一百多年前。

進城不久，碰到兩排出家人沿大街兩側化緣，人數至少七八十。我們尾隨他們，最後這些僧人向城西的郊外走了一段路，老遠看到建築宏偉的大寺院，走近一看是「新南華寺」，我們好奇再跟進去。僧人休息片刻，進入一個大講堂聽一老僧（年紀很大、應是高僧）講法，我們隱身在一個角落聽他講：

吾滅度後，汝等諸菩薩大士及天龍鬼神等，廣作方便，衛護是經，令一切眾生證涅槃樂……

這不是地藏經第六品嗎？太巧、太妙了，我們就一直聽老僧講法，很久，直到結束，所有僧眾已離開講堂，我們還捨不得離去。奇怪！那老僧亦不離開，突然有一句話如宏鐘之音傳來：

「現形吧！都是佛弟子一家人，不要躲躲藏藏。」

這聲音如天籟，似蒼穹歌吟，在空中盤旋飛翔，又進到每人心腸，迴腸盪氣，腦海中又一迴音：

「現形吧！都是佛弟子一家人，不要躲躲藏藏。」

來不及思考，瞬間，我們八個「中陰身人」不約而同的，在老僧面前現形。我先拱手作揖道：

「我等從很遠之地來，不敢叨擾，又不便現形，請老師父見諒。」其他人也行禮示敬。

「別客氣！各位一進來我就知道，但不知十方三界從何而來？」老師父說著。

我們逐一秉報姓名，並說明來歷，老師父頻頻點頭驚嘆。最後他老人家也自我介紹，原來他是「新廣東省南華寺」住持釋惟覺老和尚，今年高齡一百零九歲，他九歲出家，至今正好出家滿百年，難怪他幾乎有「天眼通」功力，一眼洞澈我們眞相。

老和尚也說明這「新廣東省」，數百年前是古俄羅斯奧勒克明斯克地區，南華寺也叫「六祖寺」。百餘年前以「舊廣東」的南華寺爲藍本重建，更進步的考慮到地球氣候可能不斷惡化，整體建築分地面和地宮（地下百公尺）兩部，重要鎭寺之寶如六祖眞身都在地宮。

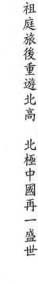

老和尚邊說邊帶我們參觀，大家都驚奇，也鬆了一口氣，原來六祖眞身來到了新世界。老和尚問我等今後有何計畫？我答：「此行不過參禪禮佛，認識新世界，並無特別計畫。」

老和尚說：「那好！各位乾脆先住下，參禪禮佛再精進也行，講經說法各位也能，意下如何？」

「阿彌陀佛，感謝住持。」衆皆同意，合掌說。

老和尚補充說：「許多佛教聖地都在北極新中國重建起來，以禪宗各祖庭與本寺交流合作最多，各位可一同參訪交流，也了解新中國的佛法傳播盛況。」

「太好了，正是我們所要。」大家都說。

就這樣，我們在這「新六祖寺」住下，慢慢的，老和尚與我們談起禪宗祖庭在北極新中國的現狀，及歷史緣由。共同原因當然是幾百年來地球溫度升高太快，導至除南、北極外，均不適人住。

中國人口、領土北移，到現在形成北極兩大強權，數百年來經過許多戰爭的結果，那些戰爭就勿須追述了。倒是祖庭重建乃偉大之盛事，同在新廣東尚有華林寺（古威留斯克地區），近「北長江」沿岸，這條北長江即古稱「勒那阿耳丹河」，現在也習慣叫長江。

同在新安徽，有二祖慧可的無相禪寺（在烏拉山以東，古沙爾哈德地區），有三祖僧璨的乾元禪寺（北極圈內、古諾維港）。

同在新湖北，有四祖道信的正覺寺（北極圈內、中部、古哈坦加），有五祖弘忍的東山寺（古諾里爾斯克）

在北極中國領土最東邊，古稱「阿那底山」，後改少室山，少林寺、白馬寺和永泰寺都在此重建。其規模均約原來數倍之上。

另在堪察加半島北方的科里亞卡山，後改九華山，或習稱「新九華山」，是地藏菩薩的新道場，也是新中國的佛教重要聖地。

「安居樂業」的時間過的特別快，千百回講經說法，新中國的佛教道場、祖庭去了多少回，瞬間九年消逝了。

43 地球佛法迴光返照　外星世界普照佛光

我們在北極新中國的新南華寺，一住竟似白駒過隙般，九年多消逝於無影無蹤，全中國佛教聖地大概跑遍了。經歷不少白衣蒼狗之變幻，都略過不述。

但必須一提的是，去年底爆發一場「火星中國」和「地球中國」的戰爭，所幸戰場在地球與火星之間的太空中，並未波及地球上生靈。還有，南極三強也出兵助戰，地球中國並未吃虧，戰爭持續一個月不到便結束，據報導我國損失一個「龍形中隊」和兩個「牛形中隊」兵力。對方也損失不輕，經數月和平談判，也有「月球中國」出面調解，總算恢復正常關係及星際交通正常往來。

我要關心的不是戰事的問題，因爲這個時代的科技、軍事、政治、經濟及各國武略等，我們即不太認識，也未加以關注。我們關心佛法傳揚和自身修行，客觀世界的成、住、壞、空，就任其緣起緣滅吧！

當戰事結束後不久，惟覺老和尚身體已經很不好。他仍提神對他的三大弟子（法門、法空、法性）說：

「佛法看似一片榮景，可能在地球上維持不久了。」這是一個晚上，老和尚這麼說。我和汪仁豪也在場，汪急著問道：

「那請問師父，未來佛法往何處去？」

老和尚沒有回答，用手指指著上方，正有月亮。又指他正前方四十五度天空，一顆正通紅的火星。眾人心領神會，了然於心。

眾人又問：「佛法在地球還能維持多久？」

師父說：「說久很久，說不久也不久。我師父金門馬山老人家，他年青的時候佛法開始北移、重建，如今一轉眼，過了一百五十多年。按地球溫度上升速度，還有一百五十年嗎？總之，你們要好好努力，堅持到最後。」

「是，師父。」眾人回答。

不久後，惟覺師父圓寂，這天正好西元二〇三六年農曆七月三十日，地藏菩薩聖誕日，走的時候正好晚上八點正。神奇的是，圓寂前五分鐘，他突然有點精神對守在身旁的眾弟子和我們說：

「地藏菩薩請我到無間地獄任教，我欣然前往，我走了。」幾分鐘後便眞的走了。

「觀自在菩薩，行深般若……」衆人的誦經聲爲師父祝福、送行。

老和尚圓寂後的第二年春，中俄爲北極海內一處叫「佛蘭斯約瑟夫地」（Franz Josef Land），這是古地名（廿世紀前），約廿三世紀末，俄國人叫「史大林格勒群島」，中國地圖正式叫「新舟山列島」。爲這列島歸屬竟爆發一場不小的戰爭。幸好此時我們已到了最東邊的「新九華」，達離戰場約四千公里，但畢竟戰事已在本國領土，仍會關心報導，也了解我們的國防戰力。

這次戰事進行約兩月餘，雙方動員兵有數萬，俄軍方面主力是一支叫「熊形野戰軍」的師級單位，我軍是一支叫「龍形全功能野戰師」的兵力。據內行的戰略家所述，「龍形師」可用於陸戰、海戰、空戰，是一支全功能戰爭機器。其師長、各團長、各營長由人類擔任，其他全是電腦人、生化人、光合人、液態人及各型機器人組成。就「形狀」而言，除「人形」外，配合戰場需要有十一形：

鼠形：敵後和地底偵察，體形有大如豬，有小如蚊。

牛形：衝鋒陷陣，體形大者有三十公尺高。
虎形：一般不大，負責追擊、反擊。
兔形：誘敵用，體形亦有大有小。
蛇形：水底偵察、偷襲。
馬形：長程追擊之用，也能取代牛形功能。
羊形：誘敵、欺敵用，體形可大可小。
猴形：森林作戰、偵察用，也能取代虎形功能。
雞形：草原作戰、遠程偵察。
狗形：情報部隊。
豬形：政治作戰部隊。

這支部隊稱「龍形」，仍是師長的指揮所是一部「龍形機器人」，全師戰力之指揮、管制、通訊、情報、應變、研發，盡在這條龍中，此龍能飛於天，甚至進入外太空，能潛於最深海底，能行於陸地，基本上是一支「變形龍」。可以見得，「龍形師」是當代中國野戰軍的基本戰略單位，像這樣的師級部隊，中國現有十支，其中五支是

「超級龍」，用來應付星際大戰。

俄國的「熊形野戰軍」也不弱。在這時代，中俄雖是北極兩強，且總體國力中國強很多，但雙方都知道，若全面決戰下去，雖打敗俄國，中國也重傷，故雙方都很節制。又有情報顯示，「月球中國、俄國」和「火星中國、俄國」，將發動對地球的全面戰爭，雙方藉機收兵，損失不大，領土之議暫時擱下。至少宗教活動不受干擾，人們恢復正常生活。

當一切都平靜，我們在九華山住了一年多，又到少林寺也住一年多，再到「新台灣島」。來新台灣島的目的，是準備到月球、火星及其星球、太空站等，對了！我先說明這個時代，中國境內有五個非軍事用途的星際交通運輸基地，全在北極圈內。

這五個基地從最東到最西依序是：澎湖（古稱朗格爾島 Ostrovi Vrangelya 或 Wrangel）、新台灣（古稱新西伯利亞群島 Novisibirskiye Ostrova）、星際發展太空總署（在白龍江，古稱台麥爾半島北端 Taynyr）、新香港（古稱北地島 North Land 或 Severnaya Zemlya）、新金門北端（古稱新地島 Novaya Zemlya）。這些是一般交通運輸站，其他層級更高，或軍事、國防、機密等重要基地，吾人不得而知。

正當大家計畫著何時起程先到月球的中國北京，傳來一個訊息，說「五祖寺」將主辦一場「星際佛教交流會議，試圖增加星際間交流，以化解戰爭。會議時間大約一個多月後，我們覺得這是千載難逢的機緣，應該前往參加。不久後，我們就到了五祖寺，見已有月球、火星、南極三強、俄國及太空站駐站法師等參加人員，先到達並參訪附近其他佛教道場。原來這不僅是星際，也是國際性會議。

一到五祖寺，即刻感受到南中國湖北黃梅東山的氣氛，不錯，完全「複制」在北極中國重現。山門左右聳峙以「上接達摩一脈、下傳能秀兩家」之勢，寺內以聖母殿最爲特殊，供奉的聖母纖瘦，姿態莊嚴，她正是五祖生母周氏。

按史記五祖前世是位栽松老人，巧遇四祖，央求出家。四祖因他太老便說：「投胎再來，我就收你爲徒。」當晚，老人借宿浣紗姑娘家，翌日不知去向，而姑娘竟未婚懷孕，被逐出家門，生下胎兒。這段三世因果感動了武則天，特賜封她爲聖母，創下爲僧人母親建殿堂首例。

五祖寺被代代人傳頌的，還有一面牆，竟也在北極中國重現。五祖當年要學僧在牆上寫偈，一較悟性。他的首席弟子、最有學問的神秀提曰：

身似菩提樹，心如明鏡台，
時時勤拂拭，莫使惹塵埃。

神秀提在牆上的詩偈，在寺內傳頌。被在伙房裡舂米煮飯的惠能聽到，認爲那尚未悟道。但他是文盲，大字不識一個，於是口念請人代寫一偈曰：

菩提本無樹，明鏡亦非台，
本來無一物，何處惹塵埃。

這首偈獲五祖印可，當晚密授「金剛經」，傳授衣鉢。如今，舂米工具仍保存在殿內，給人無限啓示。從四祖到五祖、五祖到六祖緣緣相扣，一如大殿對聯：

佛法有因佛法有緣有因有緣皆成佛果

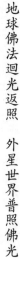

祖傳一衣祖傳一缽一衣一缽乃是祖師

在五祖寺召開的「星際佛教交流會議」，自然是盛況空前了，但效果如何？實在存疑，日後自有論證。更能感動人心，能種植好因好緣的，是讓我們有再一次機會撫摸、注視那面寫偈的牆，再望聖母一眼，再佇立山門片刻，只有這種感動能牽動業感，能隨「識」流傳。所以，那些會議盛況也就不須贅述了。

五祖寺的會議結束後，我們沿北黃河前往四祖寺。（註：廿一世紀末的一個大地震，使哈坦加河、葉尼塞河和下東古斯河連接起來，新中國在此建立後把連接後的大河稱「北黃河」，民間也習稱「新黃河」，或簡稱「黃河」。）巡禮四祖寺後，直趨新台灣，已是二三四一年五月，我們乘一日早晨八點航機前往月球。

前往月球的旅客人山人海，班班客滿，往其他星球或太空站也同樣人多，不知是移民或觀光、工作。我們看到幾隊年青人，其領隊手執旗幟，印有「太陽系遊學團」。也看到各色人種（黃、白、黑），人群中有許多機器人、生化人、電腦人等，可以感覺得出來，尤以航空公司服務人員大多是「非自然人」。

航程不過是幾小時，遠看像一顆「綠色小丸子」，愈近愈是多彩，尚未落地便知它已如往昔的地球。自從人類在二〇三三年開始移民月球，並進行綠化大工程，經三百年努力，算是成功的。如今的月球山林濃密，百花齊放，鳥語水聲，看似一片最適人住的美好世界。

我們先隨四祖寺、五祖寺的一個參訪團，直接到達中國北京城。初到的感覺仍是城市的光鮮亮麗，人煙稠密，人聲鼎準，以及部份髒亂，想必這是所有大都市所共有的「表象」。

「中國佛教總會」在北京城東區，休息安頓好一陣子後，參訪人員在一個大禮堂坐定，至少有兩百多人。看情形不全是來自地球，各星系世界都有。不久司儀高聲說：「歡迎中國佛教總會理事長雲光光大師致詞。」

大師的客氣話莫約說了十分鐘，看他年紀似乎很大。最後他說：「接下來請明月法師爲各位做一般簡報，再請明日法師做禪宗祖庭參學簡報。」說完他走下台，坐在最前面第一排，有人上前扶他下階梯、坐下。

明月法師上台簡報，有很先進的視訊工具輔助。經簡單介紹後，他說：

「請看正前方、左右也有的影幕，各位有很多是第一次到月球中國來，先介紹我國行政區域，這是月球的東半部。」他用瑩光器指引大致範圍，又指各區說：

「這是廣東省、福建省、台灣省、浙江省、雲南省、……共有三十七行省，西藏、蒙古兩特別行政區，月球中國經營至今兩百多年……」

神奇啊！神奇，太意外了，月球中國的行政區竟是地球舊中國的原樣排列。很多從地球來的參學者都感驚嘆，三三兩兩細聲說著，又聞台上提高音量：

「我國領土總面積一千一百萬平方公里，接下來我報告我國目前政經發展及國際情勢……」明月法師約報告了半小時，最後說：「後面請明日法師報告。」

明日、明月二位法師看起來應屬年青輩，約四十歲左右，且都長的清秀，明日法師開始說話，他音聲平和，如微風清流：

「佛教已是月球世界第一大宗教，也是我國國教。現有大小佛教道場遍佈全國各地，為數三萬以上。其中最有歷史性、代表性，是各位這回所要參學的道場。

廣東：華林寺、南華寺（六祖眞身在此）。

安徽：無相禪寺、乾元禪寺、佛光禪寺。

湖北：正覺寺、東山寺。

江蘇：高旻寺、大明寺、祥符禪寺、大覺寺、棲霞寺。

江西：佑民寺。

各組參學學員到達各道場，也將利用時間到其他佛教聖地參訪，如五方五佛（東方靈山大佛、南方天壇大佛、西方樂山大佛、北方雲岡大佛、中原龍門大佛）……」。

聽到這場簡報大家卻很興奮，尤其「六祖眞身」明明在北極中國的南華寺，爲何月球中國的南華寺也有，其中必有一尊是「複製」（即假的）。還有「龍門石窟」，難不成在月球中國也完成重建？太不可思議！

未來的兩個月，我們僅在華林寺和南華寺參學，尤其在南華寺，我們特別打探大殿裡的六祖眞身到底是眞是假？若有必要鑑定也不難，但師父們都確定是眞身。這裡的住持混元大師則說，不要執著於「相」，凡所有相皆虛妄，不是嗎？

兩個月參學結束，學員各自回國，但我們八人覺得太少了，該參的未參，該學的未學。於是，我們乾脆自行去參學，河南、安徽、湖北、江蘇、江西……

每到一寺都是驚嘆！龍門石窟、五方五佛、四大叢林（江蘇南京棲霞寺、山東長青靈岩寺、湖北荊山玉泉寺、浙江天台國清寺），都在月球中國重現……不知不覺間過了好多年，大概經過三年多吧！我們決定啓程前往火星中國。

火星距月球雖遠，但航程不須太久，感覺大概幾十小時吧！竟已置身在一個綠油油、有山有水的輝煌世界。讓人訝異的說不出話來，到了火星，當然直接就到位於東半球的中國北京城，當然一定先到佛教總會。這一天，參加一個參訪會議，一位法師介紹說：

「佛教是火星第一大宗教，也是我國國教，佛教寺院遍佈全國，最有歷史性的有：

廣東：華林寺、南華寺。

河南：少林寺、白馬寺、永泰寺、龍門石窟……」

天啊！不思議！不思議！我們又在火星中國待了很多年。當然，此期間也到西半球各國，再達到其他星球太空站，最遠到達「宇宙四號太空站」，眞是不思議啊！不思議！人類在地球的未來雖不樂觀，但地球以外都樂觀。當我們要從「宇宙四號太空站」回到「宇宙一號太空站」時，一天的夜裡，張美麗突然現身，大家驚呼：

「妳怎麼知道我們在這裡？」

「業感追蹤系統是很厲害的，主命也有能力掌握眾生行蹤，找你們不難。」

「這裡距無間獄有好幾個世界，妳怎麼來的？」

「我有特別護照，加上地藏王的『蟲洞鑰匙』，十方三界自可瞬間來去自如。」

當大家驚奇的聊著新鮮話題時，想到她此刻來找大家定有要事，於是我問：

「請問親自來找我們，有何大事？」

「想到你們大概也玩的差不多了，正好有一場十方三界宗教發展會議，你們應該參加，還有你們的班級學生很多重新調整，都須要了解，要請各位早幾天回去。」

「沒問題，隨時可回去。」眾口皆說。

張美麗說：「那好，還有未了的事嗎？」

大家互相看看，都說沒有，該去的都去了，該了解的也都了解了。吳淑臻突然說：

「回程若方便，能不能經過聖母中學，我們去看看那個李□輝多大了？」

「妳是說地球上舊中國陝西省蒲城縣聖母中學嗎？」安安問道，然後大家都看張美麗。

「是啊！」

「這個方便，小事一件。」

我們在太空站未多做停留，張美麗叫大家閉上眼睛，她念動眞咒。瞬間，我們竟在聖母中學一間教室外，也是一個晚上，到處看，只看到一個班在上課，約二十多位學生，其餘教室幾成廢墟。

這個有學生的班，教室黑板一角寫著「課目：地理。李□輝老師」，不久一位三十多歲的男老師進門。

「起立！」「校長好」「坐下」。

學生竟叫「校長好」，大家猜測這位地理老師，應是我們初到陽界降生的男娃吧！是不是校長兼老師，全校只剩二十多位學生，這裡的人都去了那裡？北極中國、月球中國或火星中國？？許多疑問……

在聖母中學短暫停留，很快，張美麗帶著我們又回到無間地獄。各自回到宿舍區，準備迎接新學期的開始。

44 各界宗教發展檢討　佛教獲最佳宗教獎

回到無間地獄後，開學前有兩件事，一是了解學生調整班級的情形，原有自己班的學生有調出（到其他獄所），有從別的獄所調來。這部份想下輯再述，先講另一件大事。

這是很大很重要的事，就是參加由上帝親自主持的「十方三界宗教發展檢討會」。這個檢討會的淵源，來自約十多年前（地獄時間），陽界地球年約是兩千多年前吧！上帝頒旨多位菩薩，示現成耶穌、瑪麗亞、安拉等，到陽界各洲各國教化衆生，並擔任該教派之人間教主，於是人間除天帝教、佛教，有新發展的回教、天主教、基督教，及後來更多的小教，如拜火教、摩門教、天德教、道教……甚至很激進的革命教派（如各地的基督長老教會）等。

這些宗教在人間發展，長者兩千多年，短者數百年，以地獄時間不過數年至十餘年（天堂時間略同），上帝認爲該是有一個檢討的必要。再根據缺失，調整未來陽界眾生的宗教發展方向。

上帝是誰？是十方三界的共同教主，中國殷虛卜辭即稱「上帝」，周以後稱「天帝」或「昊天上帝」。而在西洋直到公元元年後，菩薩示現耶穌，對共同教主仍稱「上帝」，東西方乃至各陰陽各界所稱「上帝」，實在是同一位，並沒有第二個上帝。人間所有宗教之教主雖菩薩示現，也可以視同上帝之分身或化身。

十方三界宗教發展檢討會，會期三天，區分數十小組進行長時間細部檢討，我的記錄不可能兼顧每一部份，只能針對最後的總檢討，概略記錄重點。

參加總檢討會報告，都是人間各教教主。重要有天帝教復興第一代駐人間首任首席李極初與多位同奮、基督教耶穌帶著兒子參加、天主教瑪麗亞代表、回教教主安拉、神道教有山崎宏的見證報告、佛教當然是佛陀代表。其他尚有別的宗教，如道教、儒教、天德教、摩門教、基督長老教會等，太多均從略。

會議地點在靈山，正是佛陀當初在「靈山拈花」傳法迦葉的地方。此處空靈絕美，乃人天仙境，勿論有情、無情在此佇足片刻，便能感受「同圓種智」自性成佛之妙理。以下簡記各教主（代表）之報告。

天帝教復興第一代駐人間首任首席李極初報告

天帝自宇宙初緣演化，即立教垂統，天帝乃先天天帝教第一代教主。其後每當宇宙危疑震憾重大嬗變之際，天帝無不因應情勢，遴派代表或使者降生某一星球，因應不同時空環境需要，創教救世，行道教化。陽界地球演化到廿世紀，已似一個禽獸世界，人人競逐財色權勢，罪惡累積，孽冤循環報復，污染和戾氣沖塞天地，更由於資本主義及異形之民主盛行，使地球進入第六次大滅絕之末劫世界末日。而全球最嚴重貪婪之地，竟是那小小的台灣島，分裂主義風行，族群仇恨無解，統治者貪污無數。（那陳囗扁等貪婪集團雖已在地獄受罪，但社會公義機制已遭破壞，蕩然不存焉。）

當此之際，天帝特許天命使者李極初，直接在台灣島復興天帝教，因人間不立教主，本人（李極初）乃爲天帝教復興第一代駐人間首席使者。並於一九八〇年十二月廿一日，正式成立，教化世界。

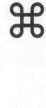

挽救世界沈淪爲本教終極目標。但在廿一世紀有二大階段性目標，一是化解毀滅性核戰之發生，二是促使中國和平統一，此兩大任務都已完成，可惜到廿三、廿四世

紀，地球已步步走向毀滅，已非本教能力所能逆轉，只能說「成住壞空」定律使然。

在這救世過程中，人間有兩位聖者貢獻最大，一是革命家建國者孫中山先生，一是力行實踐曾任總統的蔣介石先生。他二人已奉天帝封爲中山眞人、中正人，目前任本教天極行宮玉靈殿正副殿主。

爲甚麼本教階段任務有一項「促成中國和平統一」？因本教是入世積極救世之宗教，非空談妙理之宗教。世界問題重心在亞洲，亞洲問題重心在中國，中國不能和平、統一、繁榮，世界即無安定太平日子，其理甚明。故救中國，使中國和平統一，實爲所有宗教在陽界的最大功德，中國得救，衆生得救，吾等日夜誠心正意誦念皇誥、寶誥，救人、救世、救國，願我同奮，共同奮鬥。

天主教、基督教耶穌代表報告

自從十餘年前，在靈山之會奉上帝之命，到人間立教宣揚上帝的愛，以陽界時程已歷二千三百多年。此期間，我爲「全球基督化」理想，發動過無數次戰爭，尤其中古五世紀到十六世紀，我爲基督的統治權及消滅異教，打了一千年戰爭，世人稱這段時間叫「黑暗時代」。爲維護神權而被如此定位，是一件遺憾的事，也是該檢討的事。

幸好，從十八、十九到廿世紀初葉，是陽界基督輝煌的時代，此期間運用帝國的政治力量推展民主，運用資本主義經濟力量攻佔市場，以基督精神爲包裝，建立了全球殖民地，「全球基督化」可望達成。此種力量，來自「民主政治」、「資本主義」和「基督精神」的三位一體，這種力量可以打開「潘朵拉的盒子」，讓人性得到全面解放。食、色、性、生產、消費，成爲全面自由市場，公平競爭，低劣品級自然汰除，能留下來的便是最優品種。

正當全球基督化可能完成時，誰知人算不如天算，全球殖民地一個個獨立，基督教（含天主教、長老教及分支教派等）失去廣大的市場。加上其他宗教興起競爭，到廿世紀末、廿一世紀初，本教已面臨打烊的困境。

僅以英國一地爲例說明困境，公元二千年的人口普查，仍有七成英國人自稱是基督徒，但二〇〇九年統計調查，基督徒銳減兩百多萬，伊斯蘭教人口增長十倍。這太可怕了，倫敦第一廣播電台播報說：「英國可能很快變成伊斯蘭教國家，因爲基督信仰人口大量流失，伊斯蘭教最後必成英國主流宗教。

我已和兒子、瑪麗亞、歷任教宗，組成「復興基督教委員會」，深入檢討問題、改進，期待有機會在十方三界重現基督輝煌，阿門！

神道教山崎宏的親身見證報告

神道教本是古倭奴國（今中國扶桑州）之國教，倭奴國雖已亡國亡種數百年了，但今之扶桑州仍有極少信仰者。本來輪不到這小人物做見證報告，但因神道教輝煌時期的信仰者，都參與了侵略鄰國戰爭，現在全去了阿鼻、無間或十八重地獄，都在服刑中，求出無期。

我也是神道教信仰者，也參加了侵略中國戰爭，但我現居西方極樂世界。此行我和妻子（唐山人），專程來見證神道教有侵略性，他們認爲征服世界必先征服中國，征服中國必先取朝鮮半島和台灣，是一種邪惡教派。

再者，我要說明同是侵略者，爲甚麼我到極樂世界，他們全在地獄，我的故事、我的方法，可以提供未來世眾生參考。

一九三七年「七七事變」我國發動侵華戰爭，爲完成「日中朝」統一的歷史使命，並進而征服世界，若能征服陰界，統一十方三界，東條英機和天皇也絕不放棄。

我是派往中國參戰的一員，因不認同侵略戰爭，我把自己變成一名「逃兵」，有好心的中國人幫助，在山東濟南定居下來。我開始以行醫濟世，並承諾死後捐贈器官，為母國的戰爭罪行贖罪。

回憶當年自己才三十歲，隨赤柴部隊在天津登陸，因看不慣自己國家的軍隊燒殺掠奪，姦殺婦女的變態醜行，利用深夜逃走。沿路乞討到濟南，餓的暈倒在路上。一家濟南人明知我是日本兵仍然救了我一命，我便紮根濟南，還娶了一個從唐山帶著女兒逃離的女人為妻。

戰後，我開了間診所為窮人免費看病。有一回，我女兒山雍蘊對別人說：「他沒想回家，只想贖罪。」是啊！我只想懺悔、贖罪，並見證神道教的侵略性及其邪惡性，不應在陽世發展。

我在陽世活了一百多歲，蒙上帝和佛陀垂愛，我到極樂世界來。我早在陽界也已皈依佛，眞快！陽界地球已到廿四世紀，也快到廿五世紀了，但願佛光普照三千大世界。

伊斯蘭教安拉教主報告

在陽界各地區，本教稱「回教」、「清眞教」、「伊斯蘭教」或「穆斯林教」，其意義類同。按本教義，以「古蘭經」爲統一詮釋之標準，也是我們的子民生活的基本規範。

自古以來我們的生活規範和價値觀改變不大，且有代代傳承的使命。我們反對把「潘朵拉」的盒子打開，反對把人性的欲望解放，人性和欲望必須有嚴格的規範，如同中國儒家所言「非禮勿視、非禮勿言、非禮勿行」。人的一切行爲必須在「禮」的規範之內，非禮勿行。

在基督的世界，借人權、自由之名，推行所謂自由市場經濟、民主政治，導至人的欲望無限擴張，道德崩壞，人類社會回到原始叢林式的競爭，那是野獸的世界，人類社會之亂，資本主義、民主政治和基督精神是三大禍首。

更有甚至，把賭博、賣淫、性交易等合法化，更是本教不能接受，背離人類社會的正路。以下這小段原典是我們「古蘭經」第一章緒言。中文意思是人們應走正路，只有正路才是不受譴怒的路。

挽救人類社會的沈淪，本教以爲並不須要甚麼大思想家、大理論家，只不過是一點點「明禮義、知廉恥、守紀律」的小小道理而已。本教的信仰，只不過在啓蒙我們的子民，發揮善心，生活與信仰合一，且看「古蘭經」卷五「婦女」章的一段經文：

這段經文的前段譴責與惡魔爲伴者，鼓舞人們爲善，善有善報，就算僅有絲毫善功，安拉也要大

大酬勞他，這是一種鼓舞。

後段告訴所有信仰的子民，酒醉時不要禮拜，直到清醒自己知道自己說甚麼，才入殿做禮拜。任何時候不潔也不要進禮拜殿，直到沐浴清潔爲止。

但因沙漠水源極少，若有病、旅行、入廁、性行爲等，得不到水清潔身體，只要在清潔的地面，摩擦自己的臉和手，便是潔淨的身體，安拉是寬恕的。

وَالَّذِينَ يُنفِقُونَ أَمْوَالَهُمْ رِئَاءَ النَّاسِ وَلَا يُؤْمِنُونَ بِاللَّهِ
وَلَا بِالْيَوْمِ الْآخِرِ ۗ وَمَن يَكُنِ الشَّيْطَانُ لَهُ قَرِينًا فَسَاءَ
قَرِينًا ٣٨ وَمَاذَا عَلَيْهِمْ لَوْ آمَنُوا بِاللَّهِ وَالْيَوْمِ الْآخِرِ وَأَنفَقُوا
مِمَّا رَزَقَهُمُ اللَّهُ ۚ وَكَانَ اللَّهُ بِهِمْ عَلِيمًا ٣٩ إِنَّ اللَّهَ لَا يَظْلِمُ
مِثْقَالَ ذَرَّةٍ ۖ وَإِن تَكُ حَسَنَةً يُضَاعِفْهَا وَيُؤْتِ مِن لَّدُنْهُ
أَجْرًا عَظِيمًا ٤٠ فَكَيْفَ إِذَا جِئْنَا مِن كُلِّ أُمَّةٍ بِشَهِيدٍ
وَجِئْنَا بِكَ عَلَىٰ هَٰؤُلَاءِ شَهِيدًا ٤١ يَوْمَئِذٍ يَوَدُّ الَّذِينَ
كَفَرُوا وَعَصَوُا الرَّسُولَ لَوْ تُسَوَّىٰ بِهِمُ الْأَرْضُ وَلَا يَكْتُمُونَ
اللَّهَ حَدِيثًا ٤٢ يَا أَيُّهَا الَّذِينَ آمَنُوا لَا تَقْرَبُوا الصَّلَاةَ وَأَنتُمْ
سُكَارَىٰ حَتَّىٰ تَعْلَمُوا مَا تَقُولُونَ وَلَا جُنُبًا إِلَّا عَابِرِي
سَبِيلٍ حَتَّىٰ تَغْتَسِلُوا ۚ وَإِن كُنتُم مَّرْضَىٰ أَوْ عَلَىٰ سَفَرٍ أَوْ جَاءَ
أَحَدٌ مِّنكُم مِّنَ الْغَائِطِ أَوْ لَامَسْتُمُ النِّسَاءَ فَلَمْ تَجِدُوا مَاءً
فَتَيَمَّمُوا صَعِيدًا طَيِّبًا فَامْسَحُوا بِوُجُوهِكُمْ وَأَيْدِيكُمْ ۗ
إِنَّ اللَّهَ كَانَ عَفُوًّا غَفُورًا ٤٣ أَلَمْ تَرَ إِلَى الَّذِينَ أُوتُوا نَصِيبًا مِّنَ
الْكِتَابِ يَشْتَرُونَ الضَّلَالَةَ وَيُرِيدُونَ أَن تَضِلُّوا السَّبِيلَ ٤٤

這些規範看似平常小事，但這不就是人民的生活嗎？在我們伊斯蘭信仰的社會中，一切食、衣、住、行都有一定規範，違反規矩、法律，乃至爲惡殺人、偷竊等，都要受到「相等量」的懲罰，才是公平合乎正義的。然而，這些在西方民主政治社會，或說基督的世界吧！全都瓦解了，人人以民主、自由、人權之名，爲所欲爲。依統計資料顯示，基督的世界小偷被判刑約百萬分一，殺人判刑約萬分之一。作惡多端者多逍遙法外，也難怪陰界的地獄中，我聞地藏菩薩說：地獄超滿！來報到的罪人天天大排長龍，獄官來不及作業，日夜加班……

聽耶穌說，他爲傳教發動無數次戰爭，中古世紀甚至打了一千年戰爭，許多戰爭是針對伊斯蘭而來。我們爲抵抗入侵也犧牲很多，賓拉登按我旨意發動「九一一攻擊」，只是一個警告：「警告民主的基督世界，你們錯的太離譜了。」現在請再看一段經文，「古蘭經」卷十八「光明」章：

這段經文的前段，在教育子民應對進退之道，及財物取捨之理，這看似小事，確實是身爲一個「人」基本的尊重和謙卑。這是生活之常規，也是我們的信仰。

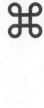

後段教育我們的婦女們，保持純潔從日常生活做起。要遮蔽下身，要用面紗遮住胸膛，莫露出首飾。除非對她們的丈夫，或她們的父親，或她們丈夫的父親，或她們的兒子，或她們的丈夫的兒子，或她們的兄弟，或她們的兄弟的兒子，或她們的姊妹的兒子，或她們的女僕，或她們的奴婢，或無性欲的男僕，或不懂婦女之事的兒童。

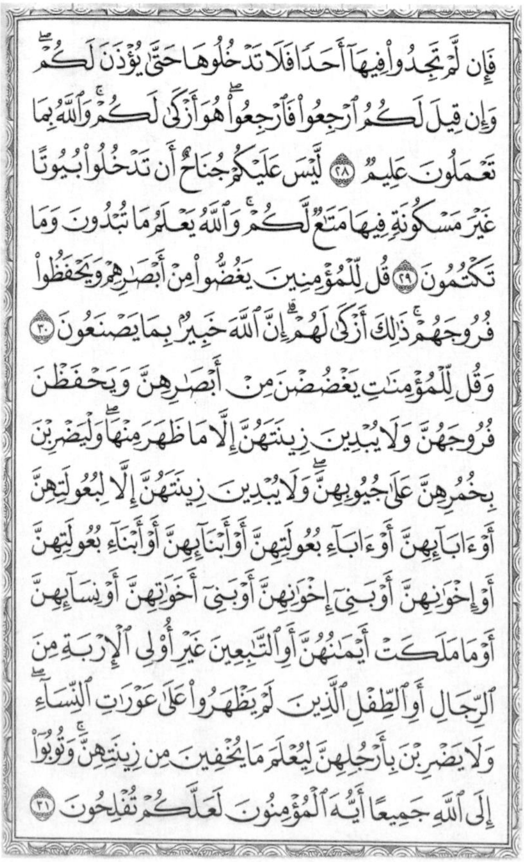
فَإِن لَّمْ تَجِدُوا فِيهَا أَحَدًا فَلَا تَدْخُلُوهَا حَتَّىٰ يُؤْذَنَ لَكُمْ
وَإِن قِيلَ لَكُمُ ارْجِعُوا فَارْجِعُوا هُوَ أَزْكَىٰ لَكُمْ وَاللَّهُ بِمَا
تَعْمَلُونَ عَلِيمٌ ٢٨ لَّيْسَ عَلَيْكُمْ جُنَاحٌ أَن تَدْخُلُوا بُيُوتًا
غَيْرَ مَسْكُونَةٍ فِيهَا مَتَاعٌ لَّكُمْ وَاللَّهُ يَعْلَمُ مَا تُبْدُونَ وَمَا
تَكْتُمُونَ ٢٩ قُل لِّلْمُؤْمِنِينَ يَغُضُّوا مِنْ أَبْصَارِهِمْ وَيَحْفَظُوا
فُرُوجَهُمْ ذَٰلِكَ أَزْكَىٰ لَهُمْ إِنَّ اللَّهَ خَبِيرٌ بِمَا يَصْنَعُونَ ٣٠
وَقُل لِّلْمُؤْمِنَاتِ يَغْضُضْنَ مِنْ أَبْصَارِهِنَّ وَيَحْفَظْنَ
فُرُوجَهُنَّ وَلَا يُبْدِينَ زِينَتَهُنَّ إِلَّا مَا ظَهَرَ مِنْهَا وَلْيَضْرِبْنَ
بِخُمُرِهِنَّ عَلَىٰ جُيُوبِهِنَّ وَلَا يُبْدِينَ زِينَتَهُنَّ إِلَّا لِبُعُولَتِهِنَّ
أَوْ آبَائِهِنَّ أَوْ آبَاءِ بُعُولَتِهِنَّ أَوْ أَبْنَائِهِنَّ أَوْ أَبْنَاءِ بُعُولَتِهِنَّ
أَوْ إِخْوَانِهِنَّ أَوْ بَنِي إِخْوَانِهِنَّ أَوْ بَنِي أَخَوَاتِهِنَّ أَوْ نِسَائِهِنَّ
أَوْ مَا مَلَكَتْ أَيْمَانُهُنَّ أَوِ التَّابِعِينَ غَيْرِ أُولِي الْإِرْبَةِ مِنَ
الرِّجَالِ أَوِ الطِّفْلِ الَّذِينَ لَمْ يَظْهَرُوا عَلَىٰ عَوْرَاتِ النِّسَاءِ
وَلَا يَضْرِبْنَ بِأَرْجُلِهِنَّ لِيُعْلَمَ مَا يُخْفِينَ مِن زِينَتِهِنَّ وَتُوبُوا
إِلَى اللَّهِ جَمِيعًا أَيُّهَ الْمُؤْمِنُونَ لَعَلَّكُمْ تُفْلِحُونَ ٣١

這些看似小事，實在是人的基本生活規範。本教是主張男女平等的，在經文卷四「儀姆蘭的家屬」章，提到「男女是相生」。卷五「婦女」章第八十五節，更闡揚「善有善報、惡有惡報」的道理，此與佛陀之道相通。

最後本座要請教基督的世界，以資本主義和人權民主力量，雖擴張許多版圖，但這樣的社會，人的禮義廉恥還在否？如今基督的世界每年信仰人口流失，至少千萬以上計，此應人性本身之自覺也。

昆德林活佛代表「雄天」雄派控告達賴宗教迫害

雄天教派的傳教歷程很短，但多災多難，飽受歷世達賴喇嘛迫害。「雄天」乃多杰雄天（Dorje Shugden）簡稱，這是藏傳佛教護法天神之一，信衆甚多。能受此封號的人名叫扎巴堅贊，他只活了四十五歲，就被五世達賴喇嘛的手下暗殺了，原因是這位生於一六一九年的活佛，佛法造詣太高了，超過當時的五世達賴喇嘛。

扎巴堅贊被殺後，五世達賴喇嘛很後悔，遂把扎巴堅贊封爲雄天護法神，此後三百多年在全球有很多雄天信衆。但到公元一九九六年（陽界），達賴在印度邁蘇爾市公然下令禁止流亡藏人信奉雄天，其陰謀在與西方資本主義民主政治社會掛鈎，企圖製造中國社會的內部分裂，達賴被西方列強利用（頒給他諾貝爾和平獎），分裂自己民族而不自知，眞是不智啊！

公元二〇〇八年二月，達賴又把邁蘇爾市信奉雄天教義的僧人逐出寺廟，乃在配合西方列強迫害雄天，最後目標在分裂中國，達賴傳揚的佛法背離佛教的正信原則，如殺生、食肉、兩性交合共修等，實已是一種邪教。

昆德林代表雄天教派，求上帝、佛陀及三界各教派教主主持公道，爲陽界衆多雄天信衆主持公道。

佛陀的見證、轉播報告

大約不久之前，極樂世界和靈山時間應數月前，地獄時間約一年多前，按無色界各天也應不久前，陽界地球則是三百多年前，二〇〇九年七月有一則新聞。

那新聞報導「佛教獲全球最佳宗教獎」，我想有關佛法的經、律、論，吾人談的很多，今天會議主題在檢驗成果。我重播這則新聞取代報告，供各教教主參考。以下請觀看：

據日內瓦論壇報報導，國際聯合宗教會票選佛教獲的全球「最佳宗教世界」獎。總部設在瑞士日內瓦的國際聯合宗教會（ICARUS），基於是高並促進宗教和靈性的融合與交流，今（二〇〇九）年七月投票決議結果，賦予佛教團體最高榮耀獎，一致表決佛教是「世界上最好的宗教」。

這個獎項是由二百位宗教領袖共同參與團國際圓桌會議，投票決定。會中值得一提的是，很多宗教領袖並沒有選擇自己的宗教，而是把自己手中神聖一票投給佛教，雖然佛教徒只占ICARUS會員的極少數，但得票數和呼聲卻最高。

國際聯合宗教會的研究主管伊卡羅斯認爲，佛教能贏得世界最好宗教榮耀，是因爲過去歷史中，沒有一場戰爭是以佛教名義而戰，與其他宗教明顯不同。他認爲佛教徒眞正實踐所宣導的宗教精神，而這也是佛教比其他宗教做得更徹底的地方。

Belfast天主教神父泰德（Ted O'shaughnessy）表示，他也投佛教一票，他雖也崇愛天主教，但內心常深感不安，因爲宣導基督愛的同時，往往在聖經裡發現爲上帝而殺害異教徒的經文。

穆斯林的神職人員塔爾阿斌‧魏塞德（Tal Bin Wassad）說：「雖然我是虔誠的穆斯林，但看到很多個人的忿怒和瞋恨，藉用殺戮方式表達他們對宗教的崇敬，而不是自我調解的途徑。」

另猶太教拉比羅賓‧山謬‧華聖斯坦（Rabbi Shmuel Wasserstein）說：「我愛猶太教，這是世界上最大的宗教，但自一九九三年以來，我每天都在練習內觀禪修，並將作爲修持功課之一。」

「佛教徒備受肯定」，身爲巴基斯坦的穆斯林社團，也是國際聯合宗教會投票權的委員之一的魏塞德（Wassad）說：「事實上，我最好朋友當中，有不少是佛教徒。」

國際聯合宗教會目前尚未找到願意受獎團體，當被問及爲甚麼佛教界尚無出面受獎的團體時，緬甸翰達比丘（Bhante Ghurata Hanta）表示：「我們感謝佛教徒被肯定，但此獎是屬於全人類，因每人皆有佛性。」

委員會之一的葛力奇（Groehlichen）說，他們將繼續尋找下去，直到找到一個佛教團體願意受獎。當我到時，一定會告訴大家。

關於達賴的罪證和昆德林活佛的控告，我都了解。達賴已得到應有的懲罰，藏傳佛教以後以「雄天」爲主，但不久後藏傳和漢傳會合一，不再有任何區分，都是「人間佛教」。

地藏菩薩簡短報告

站在我的立場，十方三界不論國別、族別、教派、黨派、男女老少，凡爲惡者必到我的世界報到，從無例外。這是我簡短的報告。另外，地獄雖還能容得下犯罪的衆生，但近來每日入獄量都超過很多，表示陽界人性沈淪太快，導至犯罪的人節節上升。這得請各教教主多宣揚「善有善報、惡有惡報」的道理，減輕地獄負擔。

（其他各教派、各與會者仍有報告．略．）

上帝總結、裁示要點如下：

（註：上帝總結、裁示前，召集各教主另開總結發展特別會，以下每項以絕對多數通過，成爲未來各界宗教發展指導方針。）

第一、基督教界（含天主教、摩門教、長老教會及其他教派），因本質上有太多侵略性，尤其「基督思想」與「資本主義」、「民主政治」不能脫鈎，雖曾以「新教倫理」改良資本主義，終歸失敗。經陽界二千年經驗實證，基督教界應在人間停止發展。

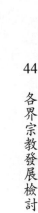

有關基督教界神職人員，今後不再增加，現有「遇缺不補」，使其自然結束，信眾亦同，或轉信其他宗教。

第二、最適眾生所須宗教爲佛教、天帝教、道教、回教和儒教。惟今後的發展方向有兩個重點，基督教界的資本主義和民主政治已經崩壞。各界子民須要怎樣的經濟制度和政治制度，是兩大重點（問題）・伊斯蘭世界應有「伊斯蘭資本主義」和「伊斯蘭民主政治」；中國應有「儒教資本主義」和「儒教民主政治」，其他地方亦同。

第三、地球的毀滅，本質上是資本主義和民主政治已有「原罪」。瑪麗亞和耶穌都是天庭菩薩，下凡示現爲教主，也算奉本座旨意，好像本座身爲上帝，也有過錯的，我也在反省這個問題。希望地球在這劫過去後，在未來的文明及其他世界，我們能考慮更週圓，才是衆生之福。

第四、古倭奴王國（後稱日本，再後成中國扶桑州），其之所以有邪惡性濃厚的神道教，使信衆不斷侵略鄰國，尤以三次侵略中國最嚴重。最近觀世音菩薩告訴本座，神道教教主最早是菩薩花園中水池的一隻鯉魚，成精逃出天界造成的禍。幸好現捕回來了，天庭未來要加強管理。

第五、類似這次的會議，未來每兩年（約陽界四百年）召開一次。因爲未來宗教傳播，將在地球以外的世界大放異彩；且衆生離開地球，游走宇宙各界，更須要宗教安慰，找到心靈依靠。

45 新學年新生講心經　前世回溯治療新法

回到無間地獄，新學年開始前，配合新教育政策，重新大調整班級。可能爲教育成效起見，有兩項新政策。

其一、受神道教影響甚鉅之倭奴國罪犯，不論新舊，統一集中到阿鼻地獄，主要罪犯是三次侵略鄰國之官兵和當朝天皇。知名者如豐臣秀吉、田中、明治和昭和（均天皇）、東條英機、松井石根、長松尾重治、谷壽夫、高松宮、栗林，乃至石原愼太郎、小林善紀、麻生太郎、福田康夫、安倍晉三、安倍晉四……含兵卒，爲數達數百萬之衆。

其二、以陳□扁爲首的分裂族群、貪污腐敗集團，包含參與洗錢的妻子兒女、家族成員等，地藏菩薩費盡苦心，終於用了一種好辦法，在無間地獄另成立「明德教育特別啓蒙班」。於是，陳□扁、游□堃、陳揥、莊□榮……乃至史明、張□鍙……及外圍份子如吳□眞、路□袖……都進了這班。從這班的師資可見地藏菩薩苦心‥

班主任：六祖惠能大師
副主任：朱拉隆功（前泰皇拉瑪五世）
輔導長：馬祖道一祖師（唐代大寂禪師）
教　授：宏一大師、虛雲老和尚、星雲大師、惟覺老和尚、聖嚴法師、證嚴師父……等數十大師級教授，陣容堅強，希望對分裂族群和貪污者有啓蒙作用。

再說到我自己的班有那些成員呢？歐巴馬（班長）、老布希、小布希、萊斯、史瓦茲科夫、凱利（前美軍中尉、下令屠殺越南美萊村）、皮紮諾、麥克阿瑟、万俟卨（讀音：莫齊謝）、袁世凱、魏忠賢、麥納瑪拉、趙高、劉國軒、馮錫范、慈禧、維多莉亞、伊莉沙白、町村信孝、石敬瑭、趙構（宋高宗）、劉豫、汪精衛、夏桀（履癸）、商紂（受辛）、李□輝等廿五位同學。

說到安安、汪仁豪等，他們的班，就更多各國、各族的貪婪腐敗者、洗錢者、奸商、貪官、暴君、政客、殺人魔、黑幫、販毒、走私、地方惡霸、毀壞或不敬三寶……等無惡不做者。而燕京山和尹月芬的班，是一批青少年犯罪者，各類罪犯無奇不有。

都不再詳述，也見陽界之亂。

開學了，第一天上課，我急著想看看他們（其實所有基本資料和近照早已過目），我提早到教室。

不久，獄吏押解一隊人犯向本教室方向來，遠遠的，再近、再近，還看不清誰是誰！你看那——

有剛從油鍋中被撈起，全身焦熟，像烤熟的地瓜！

有從刀山上被拖下來，遍體血傷，慘不能睹！

有被開腸破肚，器官外流，用手捧著的！慘叫著！

有斷手斷腳，或肉被割到下垂著的！血沿路流著！

……整隊哀號過來，獄卒還揚鞭猛抽……

這一幕幕怎看得下去？幸好，一個個踏入教室，便都恢復人形了。這是張美麗小姐（對啦！她已榮昇「無間地獄教育委員長」，我應稱她的官銜「張委員長」才是。）的發明，為教育權宜之便。張委員長本學年起又有一項新措施，每位學生一學年要接受一次前世回溯療法，並透過「業感追蹤系統」儀器，把回溯前世經過「意識流」呈現在大螢幕上，讓患者（學生）、治療師、輔導員和老師觀看、理解，以利個別教育參用。本班有幾位已排入療程。

廿五位同學就定位後，因是第一天上課，叫同學簡單自我介紹，說出自己被判入無間地獄服刑的主因。

小布希：侵略伊拉克、阿富汗，造成千萬人傷亡。

麥克阿瑟：佔領倭奴國時，與該國「731」部隊私下交易……

皮紮諾：西班牙屠夫，屠殺南美印加人五千之衆。

魏忠賢：殺害忠良，使明朝國本面臨崩解。

袁世凱：殺害忠良，動搖國本，背叛人民。

趙高：殺害忠良與皇族，使秦國早亡。

……

李□輝：爲權勢出賣自己靈魂，背叛民族與子民。

都簡單介紹完畢，但我對夏桀、商紂二王感到好奇，此「二王」刑期按陽界地球年大概已四千年了。我問夏桀道：「你們苦牢蹲多久了？何時出獄？」

夏桀一副苦瓜臉說：「很久了，求出無期。」

另維多莉亞、伊莉沙白二位女王，我感到有些可惜，於是我問她兩位：「二位先後貴爲英國女王，乃陽界至尊，爲何淪落至此？」

伊莉沙白起立代答說：「因擴張殖民地，發動太多戰爭，給各族群帶來太多死傷，當時都以基督之名，及資本主義和民主政治之實而發起。如今，我二人知錯，只求有反省、改過的機會。」

聽她說來，頗令人感傷，雖言人非聖賢，孰能無過？知錯能改，善莫大焉。但身爲國王、國主、執政者，任何決策關係到許多人的生命財產，須以超高標準規範。

各位同學！本學年你們在衆多課程中，「心經」和「詩歌音樂」由我負責，算是比較輕鬆的課。心經我逐字、句、段注釋、講解，而詩歌音樂各位當成一種欣賞，不會有壓力。現在開始講解「心經」，課本採斌宗法師（誕生台灣，俗姓施，名能玨，天台宗教斗。）要釋本。

般若波羅密多心經

唐三藏法師玄奘譯

△解「**般若**」：

般若，乃諸佛菩薩親證諸法實相的一種圓明本覺智，亦即離一切迷情妄相的一種清淨無分別智，也可說是通達一切法自性本空，而無所得的一種眞空無相智。這實在是衆生難以理解，再從性質看，有三種：

一、實相般若：即諸法如實之相，不可以有無、大小去論述它，是不可思議的境界，唯佛與佛乃能究竟。

二、觀照般若：如實了解聖教中所說的道理，依理去體驗實修，於其中間所有的行動，稱觀照般若。

三、文字般若：諸佛菩薩，假文字語言開導一切有情，使其解悟，叫文字般若。

以上三種，從文字語言聽聞經典，開發智慧叫文字般若，又名「聞慧」；依理體驗修習叫觀照般若，又名「思慧」；深入觀點，一旦豁破無明，親見本來面目，叫實相般若，也叫「修慧」。船若深妙，佛陀說法二十二年般若，計談般若有八部經典，心經雖短，統攝無遺。

△解**「波羅密多」**

波羅譯「彼岸」，密多意「到」，合言「彼岸到」，中文順口爲「到彼岸」，是一種比喻。但按梵文「多」字，彷佛中文文言「矣」或白話「了」字，故「多」無關重要，可不必多事。

合「般若波羅密」，乃從茫茫生死海中登了解脫的「彼岸」（涅槃），又因波羅密有六種，就是六度。依此六法能度生死苦海，到達涅槃彼岸，又六度能度「六蔽」，人因六蔽而失去眞心本性。表解如下。

六度	譯	度（六蔽）
檀波羅密	布施	慳貪
尸羅波羅密	持戒	毀犯
羼提波羅密	忍辱	瞋恨
毘梨耶波羅密	精進	懈怠
禪那波羅密	靜慮	散亂
般若波羅密	智慧	愚痴

表中「六蔽」和「五鈍使」多有關係，因愚痴不信，迷於眞理，惑於正道，此日後待機詳述。

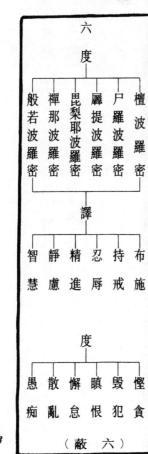

△解「**心經**」

「心」是指不生不滅的眞心、本心，涅槃經稱「常住佛性」，禪宗呼之「正法眼藏」，儒家稱「明德」或「良知」。「經」是經藏，不是律，也不是論。

△解「**唐三藏法師玄奘譯**」

三藏是佛的一代言教，有經藏、律藏、論藏，或稱「藏經」，指含三藏妙理。唐三藏，中國唐代河南洛陽人，俗姓陳，名禕，婦孺皆知的一位偉大法師。這部「心經」就是他從印度取回，親自翻譯完成。

觀自在菩薩，行深般若波羅密多時，照見五蘊皆空，度一切苦厄。

△解「**觀自在菩薩**」

觀自在就是觀世音菩薩，「觀」，是觀照（觀讀去聲，了達之意，不作觀看解釋。）菩薩是「菩提薩埵」簡稱，「菩提」譯爲覺，「薩埵」譯有情，合言是覺有情（一切有生命者皆謂有情）。

△解「**行深般若波羅密多時**」

「行深」是修行的功夫很深。如小乘行修四諦，十二因緣求證羅漢，辟支佛果者；大乘行修六度萬行，普度衆生，求證佛果者。

合意是說觀世音菩薩，修行深妙般若，功行到了極點，證到究竟涅槃（彼岸）的時候，所以稱「行深般若波羅密多時」。

△解「**照見五蘊皆空**」

「照」是觀照，般若智照，非凡夫之妄照；「見」是徹見，圓明眞見，非凡夫隨塵流轉之妄見。

「五蘊」是色、受、想、行、識，舊說也叫「五陰」，五種能遮蔽吾人本覺眞心的聚積。又五蘊身心皆因緣所生法，色從四大假合而有，受想行識由妄想分別而有，究竟沒有實體，無一不空，故曰皆空。

△解「**度一切苦厄**」

苦厄是一切苦惱和災厄，詳言之有「三苦」和「八苦」，三苦是苦苦、壞苦、行苦。

苦苦：六道眾生所受之苦。

壞苦：欲界六天和色界四禪天人所受之苦。

行苦：無色界四空天人所受之苦。

至於八苦，乃生、老、病、死、愛別離、求不得、怨憎會、五陰熾盛。八苦前四者屬身，後三者屬心，最後一苦總括身心。

合前意，五蘊身心爲一切眾生造業受苦的總根源，現在即空了，自然沒有一切苦厄的產生，故曰度一切苦厄。總之，迷者妄見諸相爲實有，而起貪著，故有一切苦厄；悟者徹見諸法皆空，不起貪著，故無一切苦厄。

再說一淺顯譬喻。心（實相）如天上明月，五蘊如水底月影，愚者把五蘊當成實我，拚命追取，造業受報；智者了知眞月在上，他儘可林下賞月，不去追敢，何等愉快。

又設一喻，五蘊如戲台上的王侯將相，智者了知戲是假演，心中不生是不生非；愚者把假戲當眞，生出許多是非心。

各位同學！本節「心經」先講到這裡，各位有甚麼問題？班長歐巴馬發問：

「報告老師，本班有多位同學前世沒有佛教思想淵源，很多地方聽不懂，例如五蘊來去脈絡，怎樣生出的因果關係！」

「有一些深妙的理論，確實不容易懂，各位的輔導老師也會再講解，我也會找時間爲各位加強。」

「今天先下課，皮槼諾同學，你明日聽候通知，要在八號前世回溯治療室，爲你做回溯治療。」

「是！」皮同學答。

「起立！」「敬禮！」歐巴馬的口令。

翌日，晚上七時，獄卒押解皮槼諾，我和輔導員也陪同到達「八號前世回溯治療室」。恰好，從阿鼻地獄送來的治療患者，尚有最後一名叫「明治」國主（倭奴國民習稱天皇），正要進行回溯治療，我與多位老師、輔導員也就一併觀看，字幕上打出：

罪犯前倭奴國主明治前世回溯治療

（就位）出現螢幕……

有軍隊攻擊，砲火滿天……（解說員：看軍隊服裝、地理位置，是倭奴國於一八九四年十一月十七日，對中國旅順發動攻擊。）砲火、火、燃燒、火……

……轟、轟、轟……

一個大將軍在指揮所發佈命令：天皇命令，攻下旅順後，殺光、搶光、燒光、女人歸戰士使用後就地槍決。此令　大日本國天皇　明治　頒旨

滿城百姓被屠殺，斷頭、腰斬、穿胸、破腹……

當街強姦、強姦、強姦……姦殺……

……是天后宮……一隊日軍進去，一軍官用刀抵著元君道長，令爲陣亡日軍做法事，道長不從……天后宮火光衝天……燒、燒……

天后宮不遠處的靜樂庵，五個尼姑反抗奸淫……道服、內衣全被扒光光，一群野獸就地……然後用槍，對準陰部，砰、砰……

旅順望族馬慶本家，一隊日軍進來，男人全就地殘殺，女人們全被扒光衣服，就

地強姦，然後……

旅順屠城，只有三十六人免死，負責抬屍、堆積、澆上煤油焚燒、燒……日夜燒……

此刻，躺在治療床上的明治罪人忽然從床上跳起，大聲嚎哭、跪地大喊：「我錯了、我錯了、我是罪人、我是罪人……」

（治療師宣佈：患者明治回溯治療未完，先暫停，改日繼續，先由心理輔導員帶回。）

罪犯前西班牙無賴屠夫皮紮諾前世回溯治療

（就位）出現螢幕……

一家賭場，人聲沸揚……一個大哥帶一群留大鬍子的壯漢進來，吆喝……然後到一個房間喝酒……看似不錯的房間……啊！他們在討論事情。

牆上日曆掛著，西班牙……一五三二年三月五日，十多人在房內吆喝一陣後，有人站起來說話：

「都保持安靜，大哥要告訴大家一個秘密。」

一位大哥緩緩起身，啊！正是弗朗西斯科・皮紮諾，咳一聲，說：「有可靠消息，從東邊的海航行不久，有個地方，遍地黃金，到處財寶，漂亮的女人要幾個有幾個，我弄到了船隻，回去招集手下，我們儘早出發。」

「女人、財寶、大哥！萬歲！」又一陣吆喝。

…………

大海、大海、汪洋的大海……日復一日，無盡的大海，航行、航行……日復一日……

這日大早到一海岸，是印加大帝國的海岸（解說員：後來的秘魯海岸），風光明媚的海岸風景，船隊登陸，皮紮諾帶領一七七人和六十二匹馬入山。一山過一山、叢林、溪流……日復一日……啊！是安第斯山脈……

某日，進一大城，是卡哈卡馬城，印加大帝國君主正在這城，他率五千名手無寸鐵的侍從來和皮紮諾談判。

皮紮諾見機不可失，展開大屠殺，君主的五千侍從無一活命，君主被處決……然後，黃金、財寶、女人……

印加君主的無知毀了自己的大帝國，擁有六百萬人口的印加帝國不久滅亡……

皮梨諾靜靜的醒來，靜靜的坐起，跪在治療床上低泣、低泣……爬伏床上痛哭……

治療師宣佈結束，帶他到心理輔導室……

當皮梨諾回溯治療結束後，不知那一獄所送來一罪犯叫「古斯毛」的，他爲何也到了地獄？他是誰？原來他是陽界領導東帝汶獨立的首領。因東帝汶本不該獨立（賴印尼得以存活），結果獨立戰爭失去全國人口的半數，又成全世界最貧窮的國家。

獨立只是古斯毛和一些政客想當總統，當部長，犧牲了百分之九十九人民的生存權，所以古斯毛也來地獄報到。

46 空色生滅死海古卷 魏忠賢袁世凱回溯

這天的課在下午三、四節，進教室待學生都坐定位，我掃視全班，我赫然發現教室最後一排的邊角，坐著一位「美女」，上半身是彩色便裝，定神一看，天啊！這不是張美麗小姐嗎？那像是「無間地獄教育部張委員長」？

隨即，她對我微微一笑，點頭示意，我亦回以點頭微笑，表示了解她也想坐下來聽課，我心中還納悶著，她今天如此悠閒，還刻意打扮一下，想必她已不把此處當地獄，真是「相隨心轉」！

各位同學，打開課本，從第一回上心經到現在多久了？

「很久了！」學生大聲答，聲音宏亮。

「這段時間你們上了些甚麼課？」我問。

「歷史」、「地理」、「中國佛教史」、「地藏經」、「緣起性空觀」、「金剛經」……七嘴八舌。

「看課本，接上次的地方開始講。」

舍利子！色不異空，空不異色；色即是空，空即是色；受想行識，亦復如是。

△解「**舍利子**」

舍利子是人名，乃佛弟子中智慧第一的舍利弗。「弗」是梵語，中文譯「子」

△解「**色不異空，空不異色；色即是空，空即是色**」

宇宙一切萬有現象是「色」，因為緣起假象之色，並無實體，故說「色不異空」；雖無實體，而分明顯現，故又說「空不異色」。不異作各異，或作離字解。

一切色法都藉衆緣而生起，本無自性，非色滅而後始空，即存在時亦不過一種幻相，莫不當體即空，故說「色即是空」；依性空而幻生一切萬有之色法，則性空便是一切色法之本體，故又說「空即是色」。

△解「**受想行識，亦復如是。**」

前面「色」是宇宙間物質面的現象，受想行識四蘊則屬精神心理面現象，性質雖不同，緣起性空是一樣的，所以簡言之「受想行識，亦復如是。」詳言之，即說「受不異空，空不異受；受即是空，空即是受」，想、行、識三蘊亦同，依此類推。

舍利子！是諸法空相，不生不滅，不垢不淨，不增不減。

△解「**舍利子！是諸法空相**」

「諸法」即指五蘊、十二入、十八界、十二因緣和四諦等（後述），「空相」是眞空實相，意謂五蘊等諸法，都是眞如緣起的一種現象，當體即是眞空實相，故說諸法空相。

△解「**不生不滅**」

實相理體眞常不變，非可以作之使其生，壞之使其滅；又非由般若照見然後始有謂之生（本來不生故），亦非般若未照見前則無謂之滅（本來不滅），故說不生不滅。

△解「**不垢不淨**」

實相理體本自空寂，非可以染之使其垢，治之使其淨；又雖被惡緣所染性本不垢，雖爲善緣所熏性未嘗淨，故說不垢不淨。

△解「**不增不減**」

實相理體本自圓滿，非可以加之使其增，損之使其減；又非修般若時豁破無明實相顯現謂之增（實相本自不增），亦非未修般若時被無明所障蔽而不覺謂之減（實相本不滅），故說不增不減。

我只顧專心上課，卻不知道何時張委長已離開教室。好像大家精神不佳，或覺課程內容有些乏味。我問維多莉亞：「我講的還能理解嗎？」

「平常之理，不算太深，我能理解。」她輕鬆說。

我思索片刻，突然對大家說：「剩下一點時間，我帶大家到教室對面的美術館參觀好嗎？」

「好——」宏亮的聲音，爆出一排掌聲。

「同學們那現在就去，正好有些東西値得看，老師當現場解說員。」我邊走邊說，獄卒也隨同戒護，美術館就在教室對面。

我和學生佇足於一牆書法作品之前，主要有「佛說四十二章經」、「金剛經」、「地藏經」、「心經」等佛教經典。作者是阿鼻地獄、十三重及十七重地獄的服刑人，我乘機進行機會教育，服刑坐牢也可以有爲，鼓勵大家努力。同學們都有正面的反應，魏忠賢（大宦官）和万俟卨（害死岳飛的共犯）表示，他們書法有信心，可以參加比賽或展覽，其他同學也有表示要好好練書法。

正當大家參觀的起勁，討論要準備參加「服刑人書法比賽」，不遠處有兩位同學，啊！是萊斯和伊莉沙白，喊著：「啊——，是老師的作品，快來看！」同學們湧了過去，佇足在另一展示區，有靜靜的看，有小聲念出，是一首小小現代詩：

誰是永恆

台灣　陳福成

在春秋大義面前
夏商周秦漢三國晉
南北朝隋唐五代
宋元明清
全都垮了
唯一永恆不垮的
就是母親
啊中國
你才是永恆不倒的

神祇

中國山西芮城

劉增法　丁亥年敬書

正是我的作品，同學們知道老師的別名叫「陳福成」，號「古晟」，佛教徒、禪者也是詩人。而劉增法是中國山西書法家，數百年前我和他就是好友，他用獨創的「劉體」書法寫我的詩送我，無間地獄美術館第三分館成立，我便送美術館典藏。

又到另一展區，正展出「死海古卷」，這可是三界重寶，有同學略知一點。陽界地球年於一九四七年，牧童死海西北岸庫蘭遺址山洞中，發現藏在陶甕裡的羊皮卷，是聖經「舊約全書」的部份手抄本，大部份是希伯來文，少數是希臘文和亞蘭文，成書時間約西元前三世紀到西紀後一世紀。其中近千卷的舊約聖經，包括除了「以斯帖記」外所有的舊約書卷，以「以賽亞書」保存最完整。

這些古物除了是古文明重現，也讓我們進一步知道原始舊約的思想。據很多學者研究，學界也有共識，原始舊約（即死海古卷），思想與佛教接近，若西方基督教界社會能以「死海古卷」思想發展，當不致出現「資本主義」和「民主政治」這兩隻超大而貪婪的恐龍，毀滅了人類的世界。

只可惜，西方社會後來揚棄舊約，出現所謂「新約聖經」，思想與後來的資本主義不謀而合，而資本主義和民主政治思想乃一體兩面之物。人類思想盡是這些「異形」，焉有不亡，同學聊到這些都感慨萬分，尤其歐巴馬、老布希、小布希、萊斯、維多莉亞、伊莉沙白等同學，更感慚愧。

在另一展區我們很快看了中國元代文物，夾紵乾漆造像如三世佛、二天將、十八羅漢等，即就地下課解散。隊伍由班長、獄卒帶回。

數日後……

罪犯前明朝閹黨首領魏忠賢前世回溯治療

（就位）出現螢幕……

大批……數萬東廠人員……全面搜捕京師，一戶一戶……一批批男女老少被帶走，婦女哀求，老人痛哭……滿城腥風血雨……少數不從者，均被東廠就地處決……京城如煉獄……

從早到晚，日以繼夜……一批批人被逮捕……被就地處決者，白日無人敢出面收屍……

午夜，黑漆漆中，有人影，偷偷收屍……

……

東廠總辦中，公公飲著手中的熱茶，啊！那不就是魏公公嗎？他在房裡蹀蹀踱步，似有心事。

有屬下進來，「啓稟公公，六天來已搜捕一萬二千人，先分區關在京師十二大天牢中。」此人地位似乎很高，因爲他直接進入魏公公的廠辦，亦未下跪。

魏公公未出聲，又飲一口茶，思索著，那屬下趨前小聲問：「下一步？」

「謀反——死。」神情冷冷，清楚的三個字。

「卑職照辦，」屬下退出，未出門，止步回身，「公公是否面報皇上？等他同意，還有人犯中有十多人和朝廷重臣有親戚關係。」說完他站立聽指示。

「那廢物同意不同意無差，早朝我會面報。至於重臣有親戚涉入本案，按連坐法處理。」魏說。

「是。」那屬下大步走出。

……

早朝，明熹宗高坐在上，文武高官左右兩班站立，氣氛肅殺，無人出班說話。魏忠賢出列說：

「啓稟皇上，謀反一案，經連日逮捕，一萬二千餘人已關入天牢，依大明律法，全部死刑。」

「這……」皇上這了半天，「都死刑嗎？」

「是死刑。」魏忠賢說著，轉向所有大臣問：「依大明律法，謀反不是死刑嗎？」

「……」滿朝文武無人應答，每個人心理有數，誰敢說一句：「不該死」的不同意見，不久他必「因病而死」。文武官員唯唯諾諾應聲：「是……」。

……又是東廠出馬，搜捕要犯……楊漣、左光斗、魏大中、周朝瑞、袁化中、顧大章等六人，因彈劾閹黨，被判死刑……史稱「前六君子」。

又不久，周起元，繆昌期、黃尊素、高攀龍、周順昌、李應升、周宗建等七人被捕，死刑……史稱「七君子」。因高攀龍先自殺而死，餘六人也稱「後六君子」。

東廠大舉出動……兵荒馬亂……

戰爭、戰爭……烽火……大亂……

魏忠賢突然醒來，跪在床上痛哭、哀鳴：「我錯了！我錯了，讓我解脫吧！」

（治療治師宣佈，他的治療暫停，先帶往心理輔導室，聽候再治。）

罪犯前北洋軍閥首領袁世凱前世回溯治療

（就位）出現螢幕……

兵荒馬亂，遍地烽火，「洋鬼子打來了！」人們太喊，爭相逃命，又一個亂世……

這甚麼世代？……

康有為、梁啓超……孫中山革命……這是革命軍，啊！滿清末年……

密室中，有三人，很清楚是西太后、榮祿和袁世凱，他們在密商甚麼？不，西太后對袁世凱說：

「最快的速度，林旭、楊銳、譚嗣同、康廣仁、劉光第、楊深秀，還有康、梁二人，全都抓起來。」

是夜，已過午夜，袁世凱未睡，有人來報，「事情辦好了！」次日，有人來賀：

「袁兄，你有享不完的榮華富貴。」……

……孫中山讓位，袁世凱當總統……孫中山二次革命……

又一密室，牆上有日曆，一九一五年。室內清楚可見七個人：袁世凱、楊度、孫毓筠、嚴復、劉師培、李燮和、胡瑛，又在密商甚麼？一會兒，袁世凱說：

「中國不適總統制，中國須要皇帝制，你六人組成籌安會，恢復帝制，是民族功臣，定加官封王。」

「臣等照辦。」六人齊聲說。

……是革命的火花燒起……

袁世凱死……戰火……戰火……

袁世凱從治療床上緩緩坐起，冷冷的說：「我早已認錯，我是民國罪人，我該受罪。」

（治療師宣佈，袁的治療結束，帶往心理輔導室。）

當魏忠賢和袁世凱的回溯治療結束，有消息傳出，有一批前美國駐阿富汗與伊拉克的軍人，他們在阿鼻地獄已關了很久很久，要送來先進行前世回溯治療。這消息引起大家好奇，軍人駐在外國很辛苦，爲何會下到阿鼻地獄，側面了解，結果是資本主義社會之病，而被當成「常態」，成普遍性的常態。

原來這些美軍都是強暴自己隊上的女兵，前美國乃陽界地球之強權，爲何男性軍人專強暴本軍之女兵？爲了解問題有多嚴重！無間獄和阿鼻獄的司法單位，調閱所有資料和證詞，並打算傳喚證人（被強暴女兵）。

其中一份資料，前哥倫比亞大學新聞專業教授海倫・貝內迪克（Helen Benedict）的報告「孤獨士兵」（The Lonely Soldier‧‧The private War of Women Serving in Iraq），講四十名女兵的情形，她們當中有廿八名被男戰友強暴，其他都遭猥褻過，但強暴的男戰士無一被起訴。

阿鼻地獄中也有一大批前美國CNN記者，怎麼記者也來了。原來那些記者不斷欺騙人民，宣傳阿富汗、伊拉克……多數亞洲國家等，都對美國人民有「立即而明顯的威脅」，美國應先發兵攻打那些國家……

罪惡啊！陽界資本主義社會拚命製造罪惡，忙壞了陰界，連我也更忙了！

47 苦集滅道龍的傳人　惠能拉瑪與鹿子母

本學期時間過的眞快，該上的課程進度落後很多，學期又將結束。課程進度落後的原因，是我帶著同學們參加不少法會，聽大師發表多場演講，我覺得對服刑者的啓蒙效果很好，勝過我講心經，而事實上大師的開示內容都和心經有關。

例如，最近帶領學生參加「八關齋戒」時，六祖惠能大師開示「緣起性空的般若智慧」；還有聽朱拉隆功講「從集聖諦到滅聖諦」，此二位大師，前者現在是本獄「明德教育特別啓蒙班」班主任，後者是副主任。

惠能大師開示「緣起性空」的般若智慧，可觀照諸法空性。宇宙間一切事物沒有一樣是恆常不變的，一切現象皆是多種因緣條件的聚合，無生滅、無垢淨、無增減，如夢幻泡影。如能深切體會，必能早日脫離虛幻不實的世間萬象。並殷殷叮嚀服刑人，從「心」的反省起步，轉變心境，必能轉迷爲悟，強調八關齋戒一日夜雖短，若能授持清淨，所得功德無量無邊。

六祖最後勉勵受刑人，無間地獄雖苦，藉由八關齋戒，思維戒義，把握機會懺悔往昔所造諸惡業，去除一切煩惱因緣，發願廣結善緣，才能長養出世善根，種植未來出世好因緣。我班同學莫不深受感動，相信在「明德班」的陳□扁等人，在六祖大師感召下，必有所領悟。

副班主任朱拉隆功我稍做介紹，陽界地球公元一八五三至一九一〇年住世，是前泰國曼谷王朝第五代君主（世稱拉瑪五世）。他堅持以佛教爲國教，本身也是虔誠佛教徒，精通大、小乘思想，是一位佛法思想家。

值得一述的，中國南粵禪師續行和尚於清同治時南渡暹羅，宣講大乘禪法，華人皈依者衆多，亦受五世皇朱拉隆功禮敬，御賜土地建寺，賜名「龍蓮寺」。其寺後殿的左配殿，供奉中國禪宗六祖惠能大師，如今二位大師同受地藏菩薩之邀，到地獄宏法並任要職，乃千載萬年稀有之好緣。

拉瑪大師講「從集聖諦到滅聖諦」，爲大衆說明生命流轉之因與趨向涅槃方法。衆生由於思想見解錯誤之無明，及對我（情、欲、財等）之執著，產生強烈佔有欲，推動生老病死輪迴巨輪，並感受到世界苦聚。

拉瑪開示，在了解無明和情愛作用後，佛子應認識心意識與外在世界的無常變異，一切皆不是單一、無自性，以我空及法空爲修行，並依八正道做邁向空觀之方便。正見、正念、正思可降伏煩惱習氣，正語、正命、正業即爲持戒。按原始佛教八正道（亦稱八聖道）有其演進軌跡，由五戒而成十善，由十善會成三業，三業出八正道，八正道會成三學，由三學而出六度。

從集聖諦到滅聖諦之中，以八正道爲因緣，滅除痛苦的根源、輪迴的動力——無明與情愛，並以我空、法空之觀想，悟入緣起法，發起大悲心，方爲大乘佛教菩薩道之眞正修持。

聽完拉瑪說法（或許該尊稱：泰皇拉瑪五世），衆多受刑人充滿法喜，紛紛期待拉瑪能常駐無間地獄，常來對受刑人講法。

數日後，本學期最後一次「心經」課程。歐巴馬班長，你把黑板顯示幕的字念一變：

是故空中無色，無受・想、行、識・無眼、耳、鼻、舌、身、意；無色、聲、香・味、觸、法・無眼界，乃至無意識界。

「是故」為承上起下之詞，承上文諸法空相，起下文無色，無受想行識。眼耳鼻舌身意為「六根」，色聲香味觸法為「六塵」，六根是內六入，六塵是外六入，合之十二入（舊譯入、新譯處、或稱十二處。）。根能涉塵，塵能入根，根塵互相涉入而生識，眼根對色境即生眼識……意根對法境即生意識，計共「六識」，故以根稱之。六根、六塵和六識，合稱「十八界」。

承上「諸法空相」的道理，便知眞空實相的理體上，本來清淨空寂，於中沒有五蘊、六根、六塵，以及六識的虛妄之法，故說無色……無意識界。

無無明，亦無無明盡；乃至無老死，亦無老死盡・無苦集滅道・無智亦無得。

△解「**無無明，亦無無明盡；乃至無老死，亦無老死盡。**」

本句可表解如下，三世十二因緣，爲人之生生世世因果流轉關係。

吾人常說「因緣」，因是起原，如種子；緣是中間助成爲緣，如雨灑在種子上。三世因緣共十二支（無明、行、識、名色、六入、觸、受、愛、取、有、生、老死）。

這三世十二因

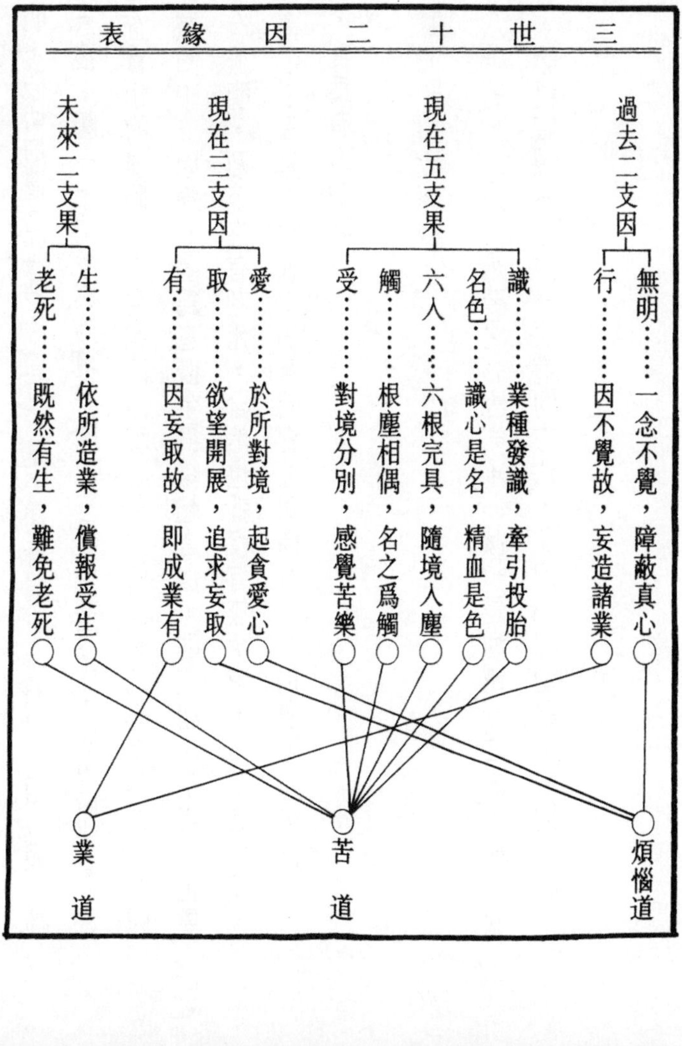
三世十二因緣表
過去二支因
無明……一念不覺，障蔽真心
行……因不覺故，妄造諸業
現在五支果
識……業種發識，牽引投胎
名色……識心是名，精血是色
六入……六根完具，隨境入塵
觸……根塵相偶，名之爲觸
受……對境分別，感覺苦樂
現在三支因
愛……於所對境，起貪愛心
取……欲望開展，追求妄取
有……因妄取故，即成業有
未來二支果
生……依所造業，償報受生
老死……既然有生，難免老死
煩惱道
苦道
業道

緣對初習者頗感複雜，不易理解，學者亦不必急於一時理解全部，應於未來學習中慢慢深入。「無明」乃不明，一切煩惱之總稱，「行」是一切行爲；「名色」指心識（神識初投胎時）；六入即六根；觸（出胎後與外境接觸）；受即領受等，如表所示。

合句釋其意指，眞空實相的理體上，究竟清淨解脫，非僅沒有凡夫流轉的十二因緣，同時也沒有聖者還滅的十二因緣。因爲它既名爲緣起之法，則在諸法空相中也要否定它的自性。既然沒有無明，乃至沒有老死，自然也就沒有無明滅，乃至老死滅。故說無無明，亦無無明盡……永嘉大師說：「無明實性即佛性，幻化空身即法身。」（佛性法身就是實相），實爲有力論證。

△解「**無苦、集、滅、道**」

「苦」如述三苦、八苦等，「集」是苦之「因」，「滅」是消滅苦之因，即「寂滅」。而「道」乃修行，證悟寂滅（涅槃）之道的方法，此即「四聖諦」。簡示如下較清楚：

苦：生死，集的結果。
集：業惑，苦的原因。
滅：涅槃，修道目標。
道：法門，證悟工具。

現實界：苦：人生問題。集：緣起問題。
理想界：滅：證悟問題。道：修養問題。

此處明明有苦集滅道，怎麼又說無苦集滅道？菩薩以般若妙智照見苦等當體即是眞空實相，清淨本然，非僅沒有世間苦集二諦的虛妄，就是出世間道滅二諦，在眞空實相的理體上，卻也沒有它們的形跡。因爲諸法空相中，是絕對否認有生滅修證的。自性空寂本無生死可了（無苦），亦無煩惱可斷（無集），自性具是（功德智慧）本不待修（無道），亦無須證（無滅）。

合句之意，沒有生死「苦」的感覺，也沒有貪愛的「集」因可斷，沒有寂「滅」的涅槃可證，也沒有解脫的「道」法可修。因爲自性本來解脫沒有生死可捨，本來清淨沒有煩惱可斷。本來空寂沒有涅槃可證，本來俱足沒有菩提可修，所以叫「無苦集滅道」。

△解「**無智亦無得。**」

菩薩所修的法門很多，法藏心經疏云：「知空智不可得，故云無智；所證空理亦不可得，故云無得。」或若衆生有不迷者則不須用智，故云無智；而自性本具亦無所得，故云無得。

合句之意，在諸法空相中，是不立一法的，所以非但沒有凡夫緣起的蘊入處界，和二乘法的四諦十二因緣，就是菩薩所修的能觀般若智，和由觀智所證的法空理——得，都也被遣在內的，故說無智亦智得。

本學期心經講解到此暫停，最後還有兩個節目，學期便告結束，一者女受刑人聽張委員長講「向毘舍佉學習」，另是民歌欣賞（受刑人音樂藝術課一部份）。學期結束後，所有任教老師、輔導員要分梯次參加「寒假教師生命教育研習營」。

我班女受刑人只有四位：萊斯、慈禧、維多莉亞、伊莉沙白，幾日後的黃昏，在獄卒、輔導員陪同下，我帶她們四位前往「鹿子母講堂」，經過鹿子母走廊，一排海報，大標題「重要演講公告」：

時間：晚上七到九時（學期最後三天的每晚）
地點：鹿子母講堂
講題：向毘舍佉優婆夷學習
主講：教育委員長　張美麗
聽講對象：女受刑人、沙彌尼、式叉摩尼、比丘尼、女職員、教職員。

「如牧人以杖，驅牛至牧場，如是老與死，驅逐衆生命。」

——「法句經」

都就定位後，張美麗的聲音娓娓道來，悠揚飄送，耳際溫柔細語，講堂前左右螢幕有圖、文字配合解說，此時如坐春風……

「法句經」這偈頌與佛住世時，有名的女性佛弟子——毘舍佉優婆夷有關。毘舍佉，又稱「鹿子母」、「彌迦羅長者母」、「毘舍佉彌迦羅長者母」等，爲鴦伽國巨富之女，在佛陀教化下，很早便證得預流果。此後，她成爲舍衛城彌迦羅長者的媳婦，並勸說原信奉旨那教的彌迦羅長者皈依佛陀。

許多經典提到的說法地點「鹿子母講堂」，就是毘舍佉爲佛陀建造的精舍，她將自己在婚禮上穿過的昂貴衣裳，拿來供養佛陀。凡此，均見女性在佛陀時代的僧團裡，已扮演非常重要的角色。

毘舍佉對僧團毫無保留的布施，並將此視爲修行功課。她還經常引導其他在家女眾，走上正確修行道路，每逢齋日，女性在家眾都要聚在比丘尼道場，受八戒並修行一天後才回家。

毘舍法在這引導女眾修行過程中，發現接受八齋戒而修行的在家女眾有不正確心態。她們只爲現世欲望而受持八齋戒，例如老年婦女爲死後升天而持八戒，中年女性爲獨占丈夫寵愛而持戒。毘舍佉向世尊稟告，世尊爲警戒不思擺脫老、死束縛、反倒陷入現世欲望深淵，而說了「法句經」那句偈頌。

不論佛陀時代在家女眾，還是今天在家女眾，以我觀之，男眾亦是。大都只想到獲得現世利益，而被欲望籠牢緊緊困住，不思追求眞理，一輩子爲欲望的奴隸。

總有一天，一切眾生都要年華老去，然後面臨死亡。如牧童把牛群趕進牧場，再將牛圈上鎖一樣。大家千萬不能像牛，僅滿足於吃草果腹，如此即成爲現世種種欲望的奴隸。

佛陀教導我們，當下吃草塡飽肚子固然重要，但不能滿足於此而不思前進，更不能對此執著，讓貪慾撲向自身。不要成爲愚蠢的奴僕，不要當等待犧牲的羊群，不要成爲止於吃草果腹的牛。相信自己具有佛性，相信自己可以領悟眞理，相信自己也有成佛的可能。

張委員長的演講感動許多女受刑人，甚至聽講的男教職員，都覺得不能一輩子止於「牛吃草」，如此眞是太悲哀了。衆多聽衆中，我看見別的獄所來的女受刑人，呂□蓮、陳掬、蔡□文……未知是否受到啓蒙？

本班寒假前最後兩節課是「民歌欣賞」，我帶全班同學前往音樂教室，設置典雅，進教室便能使人寧靜，這短短的兩節課，個個如痴如醉……舉其一小部份：

龍的傳人

遙遠的東方有一條江，它的名字就叫長江；
遙遠的東方有一條河，它的名字就叫黃河。
我早已看見長江美，夢裡也常遊長江水；
我早已聽見黃河壯，澎湃洶湧在胸中。
……

夢駝鈴

攀登高峰望故鄉，黃河萬里長。
何處傳來駝鈴聲，聲聲敲心坎。
盼望踏上思念路，飛縱千里山。

天邊歸雁披殘霞，鄉關在何方？
風沙揮不去印在歷史的血痕，
風沙揮不去蒼白海棠血淚。
……

茉莉花

好一朵美麗的茉莉花
好一朵美麗的茉莉花
芬芳美麗滿枝椏
又香又白人人誇
讓我來將你摘下送給別人家
……

48 極樂世界參訪參學　包公審自由時報案

寒假「教師生命教育研習營」，區分很多梯次，但就課程內容言，分理論研習和現地參訪兩部份。

理論研習方面少不了研讀、聽講佛教聖典，並在實務上必須親自參與出坡、勞務和各種法會。這部份我想略過不述，因爲是比較乏味。

我想在本文要說的，是現地參訪（研習營的後半時間），各梯次參訪行程亦不同。例如有行程「欲界——阿鼻獄——極樂世界」，有行程「廿八層天——十三重地獄」，有行程「色界某層天——極樂世界——無間地獄明德班」……可選行程頗多。

我參加的行程如何呢？這是最豐富的行程，有張委員長親自帶隊，她還透露此行有「特別節目」，能聽到「特別的人物」講「怎樣修持解脫道？」這行程是「極樂世界——第一重地獄」。地獄行程我也略過不述，以極樂世界爲主述。

本隊有那些成員呢？張委員長和幾位隨行幕僚、秘書，依次有汪仁豪、蔡麗美、燕京山、尹月芬、蘇眞長、吳淑臻、黃安安和我，其他還有部份我略知其人而不熟，及不認識的教職員，總計全隊五十餘人。

西方極樂世界在那裡？姚秦三藏法師鳩摩羅什譯「阿彌陀經」，佛在舍衛國祇樹給孤獨園講經說：

> 從是西方，過十萬億佛土，有世界名曰極樂。其土有佛，號阿彌陀，今現在說法。舍利弗！彼土何故名爲極樂？其國眾生，無有眾苦，但受諸樂，故名極樂。

「十萬億佛土」，指的是無窮無盡的宇宙空間中，佛經常說「無量諸天」，或喻稱「三千大千世界」、「廿八重天」等，宇宙間何止「十萬億星系」！這種「過十萬億佛土」，當然是很遙遠的星系某一世界。這世界的景像、環境如何？

> 極樂國土，有七寶池，八功德水，充滿其中。池底純以金沙布地；四邊階道，金、銀、瑠璃、玻瓈合成。上有樓閣，亦以金、銀、瑠璃、玻瓈、硨磲、赤珠、瑪瑙而嚴飾之。池中蓮華，大如車輪，青色青光，黃色黃光……

在極樂世界，「無情」亦能說法。經上又說：「彼佛國土，微風吹動，諸寶行樹及寶羅網，出微妙音，譬如百千種樂，同時俱作，。聞是音者，自然皆生念佛、念法、念僧之心。」可見極樂世界是一個完美、極樂的世界，衆生若能修行到此，便是永離輪迴之苦。這個美麗的極樂世界，雖遠在「過十萬億佛土」之遙，但那是佛陀對陽界世人所言，物質世界受時空限制，自感無限遙遠。我們是拿了地藏菩薩的「特別通行證」，又有張委員長帶隊，從一個世界到另一個世界，只須「意念」轉換，瞬間就到，不受時空限制。

張委員長帶著我們一行人，啓動「蟲洞」機制，念動眞咒，瞬間我們進入一個五光十色的世界，如一部乘有五十餘觀光客的時光列車，在虛空中飛行前進。不一會兒，衆人進入一個如幻似影的「實相世界」，有停臺樓閣，地上金銀瑠璃散發著寶光，有山有水，行樹重重……

不遠處的行樹中，有奇妙之鳥，白鶴、孔雀、鸚鵡、舍利、是諸衆鳥，出和雅音。其音演暢五根、五力、七菩提分、八聖道分，聞是音已，皆悉念佛、念法、念僧……

再向前走，行樹下有石桌、石椅，共有八人在高談闊論，定神一看，正是漢鍾離、張果老、呂洞賓、鐵拐李、韓湘子、曹國舅，藍采和、何仙姑。原來是八仙，暢說著「八仙過海」的故事。

啊！他們都到了極樂世界，過著眞實不虛的神仙生活。

又過三重行樹，林間散發微妙清香，聞香尋去，又見八人，正是李白、賀知章、李適之、汝陽王、崔宗之、蘇晉、張旭、焦遂，世稱「酒中八仙」。正一面飲手中之瓊漿玉液，一面高誦個人詩作，其人其文，亦都是瓊枝梅檀。

再過一重行樹，見一似立於雲端之涼亭，四週奇花異草。亭中亦有八人，正是韓愈、柳宗元、歐陽修、曾鞏、王安石、蘇洵、蘇軾、蘇轍，唐宋八大文學家，史稱「唐宋八大家」。亦談笑風聲，吟唱詩歌。

眞是神奇的很，初到極樂世界，碰到的不是詩人便是神仙。我們一行人，隨「意」而飄，隨「識」而行，意到形到識也到，一切的一切，似乎都能「從心所欲不愈矩」。眞的，這裡沒有法律、禁令、規定，沒有報到手續，一切食衣住行和生活設施，都隨意而示現，我們像一群快樂的小鳥，在自然花林中，飛來飛去，凡所見所觸，不論有情無情，自然皆生念佛、念法、念僧之心。

如此留連著，早已忘了參訪參學的事，林邊的蟠桃園中，香甜的蟠桃任你採食。不知過了多久，也不知到了極樂世界的那種，一群人竟已置身在一座中國式莊園中，園裡亭臺閣樓，山秀水清，在樓外花園裡有二位長者。定神一看，原來是蔣介石和毛澤東在閒話飲茶，瞬間又有一老者入坐。不知蔣毛二人何時也到極樂世界，正忖度間，那老者對蔣毛二人說：

「探得二位來到極樂世界，特來恭迎，並向二位說一段有趣的故事。」

「那裡，願聞有趣的故事。」蔣毛同聲說。

四週人群不約而同，圍上前去，在花園中各處坐下。老者的聲音緩緩傳送出來，從最前排到很遠的外圍，聽的一樣清楚。

老者說：「我知二位遲早要來極樂世界，終於叫我等到機會。我叫王德計，三橫王，道德的德，計畫的計。我前世在陽界，當過國軍，也當過八路軍，後來成爲革命烈士。」

原來老者叫王德計，蔣毛二人對看一下，覺得驚奇，說：「起頭已有趣，說下去！」

王德計繼續說：「當時國共對抗，國民黨政府徵調壯丁，我爲保全剛結婚的哥哥，不到二十歲就當兵上戰場。有一回，排長叫我上山砍柴，因砍不到排長要求的數量，我和二個士兵不敢回部隊，在草堆躲藏時被紅軍發現，帶回部隊。」王停一下。

「紅軍把你怎麼了？」毛的聲音。

王德計說：「當時我年紀小，又覺得大家都是黃皮膚、黑眼珠的中國人，在那都一樣。那時紅軍對我也好，我雖想逃回家，但因路遠沒錢，相處一段時間後，也成了中國人民解放軍的一員。之後，我參加過十四場戰役，其中徐蚌會戰最慘烈，被砲彈擊中受重傷，後方野戰醫院救回一命。」

「眞是難爲你了！」蔣毛二人同聲說。

王德計接下去說：「傷癒後重返戰場，國共打的更兇，接著我參加古寧頭戰役，跟著九千名共軍進攻金門島，遭金門駐軍強烈反擊，被砲彈片擊中，昏倒在海灘，醒來時已成國軍的俘虜。這年我廿四歲，幸好，國軍待我也不錯，被後送台灣治療，治好又送新兵訓練營，從此又成國軍一員，服役到五十歲退伍。」

眾人聽到這裡，無不感動，慶幸他沒有死在沙灘上。蔣毛二人也同聲說：「回顧前世，當時國共對抗戰爭，實在是多餘的，只傷了自己，造成民族分裂啊！」

王德計又說：「後來我返鄉探親，家人以爲我死而復生。因爲他們早先的訊息以爲我在古寧頭陣亡，福建梅林鎮的忠烈祠寫著『革命烈士王德記』，只是『計』字誤寫爲『記』。我覺得大家都是中華兒女，應該團結在一起，我只是很感慨，爲甚麼歷史一直在輪迴？」

「很多事都在輪迴，衆生在六道中輪迴，各個世界在成住壞空輪迴，你指那方面？」蔣先生說。

王答：「我有幸經多場戰役不死，直到廿一世紀初我還活在人世間。又親眼看見台灣自由時報的林□三和吳□明那幫漢奸，以分裂國家民族、顚倒黑白、製造族群間仇恨爲職志，二〇〇九年有一場八八颱風，造成台灣南部嚴重傷亡，政府雖反應太慢，那幫漢奸亦不該藉機散播仇恨，不斷抹黑各方救難不力等，其實都盡心盡力了，人民之間卻有更多不滿和仇恨，皆林□三那幫人散播的謠言，人民無形中中毒了。」

衆人中有喊叫聲：「漢奸也逃不出因果制裁，他們都會到地獄報到。」

這時，蔣經國、馬英九、廖封德……吳伯雄，接著胡錦濤，竟都一一亦現在蔣介石四週。蔣公結論說：

「謝謝王德計說出他的故事，算算，那已是將近陽界五百年前的事，我們深深感受到萬事逃不出因果，林□三、吳□明那幫台獨份子，分裂國家民族，現在不多在地獄服刑嗎？」

眾人無言，蔣公說：「後天我應無間地獄張委員之請，在須彌山佛講堂，講怎樣修持解脫道，歡迎大家光臨。」說完，許多人如虛空中幻影，一一消逝！

我們隨張委員長參訪、禮拜極樂世界各知名道場，東方有阿閦鞞佛、須彌相佛……南方世界有日月燈佛……下方世界有師子佛……上方世界有梵音佛、宿王佛……如須彌山佛……

風光明媚的上午，我們到了「須彌山佛講堂」，已有很多慕名而來的聽眾，似乎不光是無間地獄的教職員，有各世界的眾生、比丘、比丘尼，天龍八部等，而四天王已守護在講堂四個一落。已是人山人海了！

這講堂也是先進神奇的，不論有多少眾生，講堂都容的下，原來這講堂像一個虛空的透明空間，不論坐那一方位都能聽、觀清楚。四週有字幕，是講者內容的即時示現。以下是我聽蔣先生的隨堂筆記。

解脫就是自由，自由的境界有不同的層次。佛法講的解脫是絕對的大解放、絕對的大自由，無我。佛法的根本思想在絕對無我，從空性觀之，根本無我。

若有我，便有煩惱，會造生死業，在生死中輪迴而不得解脫。怎樣才能「無我」，是把我執和法執全部放下，這兩樣全放下方才是徹底的自由。這樣的大自由是突破時空的。佛教的出現，佛陀的應化世間，所有的傳法事業，總括一句：解脫工作。

要解脫甚麼？自然是「三苦」和「八苦」啦！用甚麼方法呢？演繹開來說不盡，歸納起來是「緣生性空」四個字，相信各位對此四字應有所理解，人的痛苦由不解緣生性空之理而來，於是執著於「我」：我的、我要、我愛、我恨、我不……人成了「我」的奴才和牛馬，種種煩惱、罪惡由此而來。

佛教把實踐解脫道的方法叫「修持」，若不做修持工夫便不能實證解脫的境界。

說到修持解脫道的方法很多、不過最重要有三大門徑「戒、定、慧」，稱「三無漏學」

修持。

第一、修戒・戒的定義是該做的不能不做，不該做的不能做。總括即「增一阿含經」卷一迦葉佛偈，通稱「七佛通誡偈」：「諸惡莫作，諸善奉行，自淨其意，是諸佛教」。其完全完成，賴五戒十善的實踐，戒持的清淨，才談到定的工夫，故太虛大師說：「戒爲三乘共基」。

第二、修定・定，是禪定：心不散亂而住於一境的狀態，便是禪定。排除欲念進入無欲狀態是禪定的「通路」，所以在三界（欲、色、無色）之中，欲界天是福報而不是禪定，離欲後的色界天才是禪境的開始。從初禪、二禪、三禪、四禪的色界定，經過無色界的四空定，進入滅受想定（亦叫滅盡定），才是解脫的境界，才是羅漢的境界。

禪的種類有外道禪、凡夫禪、小乘禪、大乘禪，如來禪等五種，說來話長，學者修持各有體驗。大致說來，中國禪宗修的是如來禪，把禪定和生活融合起來。

第三、修慧・慧，是睿智之意。解脫途徑缺慧，不得解脫。戒的作用如治病的藥，定的作用如調補之物，慧的作用如生活指導的知識。人治了病，強了身體，進而要有比別人高明的智慧，才能做出大事業。

慧的來源有四類：聞慧、思慧、修慧、證慧。聽、讀、看經典而得的智慧稱「聞慧」；以自心思維消化判斷而成自己的心得爲「思慧」；將心得親身實踐，又從實踐中產生心得是「修慧」；親自體驗這種心得的本來面目便是「證慧」。

總之，解脫道的修持、證得，沒有三學的相互爲用，根本辦不到。不論悟力、慧力多高的人，三學的配合都是必要的，只是多少不同而已。

以上是我聞蔣介石先生講法的隨堂筆記，只是大綱式簡記，若要補實可能幾萬字數之多，故從略。

次日我們又留連到北方世界，禮拜燄肩佛、日生佛，在日生佛道場旁花林溪邊，遇數位應是白種人，談論著佛法和猶太教思想的融容。我們好奇佇足諦聽，其中一人很客氣起來爲我們介紹。

「我前世是耶穌會牧師、禪宗修行者，同時也是陽界美國達拉斯南方衛理公會大學世界宗教學教授，我叫魯本哈比托，我是統一基督佛教徒UUbus・旁邊這位……」

「我叫也猶佛信，是佛教猶太教信徒 Jubus ．」

「我叫馬丁，猶太佛教徒 Bujus ．」

「我叫寒山，聖公會佛教徒 Ebus ．」

他們都介紹完畢，張委長和我等也自我介紹，我們都好奇基督教、猶太教和佛教可以這樣融合，還能到極樂世界，也感到新鮮。其他尚有禪宗基督徒、臨濟宗猶太教徒，未知陽界發展的如何？但之後張委員長認爲這是一塊值得研究的新領域，囑我回去好好研究。

又次日，極樂世界顯得很熱鬧，其東、南、西、北、上、下、中，各方世界，都有諸佛經說法，三千大世界無量衆生依所願，選擇聽法。又有各民族，各人種聚會，或辦各種嘉年華會活動。

中方世界嘉年華會最是熱鬧，在一廣大平台有人群如，趨前參觀，不得了，平台上另有高台，那一排人一字排開，蔣介石、何應欽、毛澤東、陳獨秀、周恩來、登小平、蔣經國、郝伯村、高志航……多熟識的臉孔……胡志明、武元甲、連行健……

再看台下，最前頭很多人舉著大旗，斗大字標示：「黃埔一期」、「黃埔二期……「四十四期」……。及「空軍」等各班隊，而最大一旗由二人舉著，一排橫字「黃埔同學會暨祝賀老校長蔣公證得佛果」。

啊！我們知道了，黃埔同學最後都到了極樂世界，我們佇足聽蔣介石講話。大家以爲他要講經營台灣，堅持統一的春秋大業，他卻領導大家誦念「心經」。接著何應欽領導大家唱「蔣公紀念歌」：

總統蔣公！你是人類的救星
你是世界的偉人　總統蔣公
你是自由的燈塔　你是民主的長城
……

接著又唱校歌，氣勢震動山河：

風雲起，山河動，黃埔建軍聲勢雄。
革命壯士矢精忠。金戈鐵馬。
百戰沙場，安內攘外作先鋒。
縱橫掃蕩，復興中華，
所向無敵，立大功。

聽這歌聲讓人心振奮起來，想到這些「黃埔人」一生獻身報國，追求國家統一繁榮的理想，乃人民之福，因而得以來到極樂世界。又留連到一道場，也是人山人海，有標語寫著「三界佛教論壇」。趨前細看，上座的人有星雲大師、聖嚴法師、證嚴法師和惟覺老和尚，心道法師也在，我們聽了很久才離去，內容不述了。

原來極樂世界的參訪參學是這麼自由，完全隨「意」而行，隨「緣」而有，緣滅而結束，沒有任何公告、程序、規定，難怪蔣公講法說「解脫就是自由」。

極樂世界參訪結束後，按行程要到「第一重地獄」，參觀經過就不贅述了。此時，因聽到包公來第一重地獄，要重審三個陽界大案：「蘇建和等三死刑犯」、「美日操弄二二八事件相」和「自由時報分裂族群、散播謠言及仇恨案」。我們一行到了第一重地獄，因時間不多，有的分組參觀別處，我和汪仁豪等多人，旁觀包大人審案，我選的是「自由時報案」。

臨時法庭上，只見林□三、吳□明跪在地上，神情無限憔悴。一開庭，包公問道：

「你二人服刑多久了？」

「按陽界算應是四百多年了。」二人齊答。

包公說：「你二人又申訴，我調閱全案，並花很多時間過濾你二人在台灣一生行爲，尤其自由時報全部內容。地藏無間法庭以四大罪狀論處：

第一、分裂族群，使兩岸同是炎黃子孫成仇人。

第二、散播謠言，自由時報所有內容，本座已完成統計，眞實性僅百分之三，可謂皆是無中生有。

第三、把百分之三眞實的小事，無限上綱成人民相互仇視、歧視的大事。舉一實例，在你們報紙的頭條大圖片，有一張三個大陸人在路邊小便，本座並非說此乃小事。在台灣也常見（如計程車司機）在路邊小便，走遍世界也常看到，衆生並非個個知書達理。因你二人的偏見，讓人以爲大陸人都在路邊小便，這種心態是邪惡的。

第四、乃前三項的結論，邪惡的心靈，禍害衆生甚鉅，判入無間地獄服刑，求出無期。目前看不出有利二位的證據，二位何話可說？」

包大人詳細解說後，林、吳二人齊聲說：

「那些都屬言論自由的範圍……」

……

我不想聽了，先離開，包公聲音傳來：「退庭」。

「威武——」

「包公你也是統派的，不公平！」二人喊叫聲……

49 參訪月球火星不妙　結束教席罪人皈依

開學了，第二學年下學期，我接續講心經。本班同學仍是原來的，沒有改變，我叫萊斯同學讀一段：

以無所得故，菩提薩埵，依般若波羅密多故，心無罣礙，無罣礙故，無有恐怖，遠離顛倒夢想，究竟涅槃。

△解「**以無所得故**」

這句是承上起下之詞。上承「是故空中無色……無智無得」，下起「菩提菩埵……三菩提」。「無所得」是無一法可得，因諸法皆空也，金剛經云：「凡所有相，皆是虛妄，若見諸相非相，即見如來。」此說明無所得，即「眞得」的道理。

△解「**菩提薩埵**」，菩薩略稱，已如上解。

△解「**依般若波羅密多故……無有恐怖**」

「罣礙」是本心被無明蔽覆，事事妄爲執著，對境生阻，觸途成滯。「罣」即網罩，「礙」即阻滯。人心皆被物所牽扯，不得自在自由就是罣礙。

到底被何「物」罣礙的呢？凡夫被「色」所罣礙，凡夫因不自覺，內執四大假合之身爲我，貪戀我生，故有老病死種種恐怖發生。外執萬法實有，妄想得到，有患得患失之恐怖發生。

但若依般若修持，便能解脫自在——內不執身心，外不執萬法，便無罣礙。那末，這些老病死和無常一切恐怖，自然成爲烏有。故說心無罣礙，無罣礙故無有恐怖。

△解「**遠離顛倒夢想**」

「圓覺經」提到，衆生從無始來，有四種顛倒，四方易處（以東爲西、以南爲北），稱爲「四倒」：

㈠對世間諸行無常之生滅法，妄計爲常，此爲常倒。

㈡世間諸苦，妄計爲樂，此是樂倒。

㈢不明一切無我，妄計爲我，是謂我倒。

㈣世間諸不淨法，妄計為淨，比是淨倒。

當知，無生無滅恆不變才是常，寂滅永安長離苦才是樂，自在解脫眞無礙才是我，永離塵勞諸垢染才是淨。佛陀臨滅時，諄諄告戒諸弟子說：「若我滅度後，爾等當依四念處為住（住是不離之意）。」這四念處觀能治四倒，故能遠離顚倒夢想。

㈠觀身不淨，能治淨倒。

㈡觀受是苦，能治樂倒。

㈢觀心無常，能治常倒。

㈣觀法無我，能治我倒。

△解「**涅槃**」

「涅槃」，舊譯滅度、寂滅、無為、泥洹、安樂、解脫、出趣等，玄奘法師則譯「圓寂」，所指均同一事。但其種類和意義，則大小乘不同，此處不去深論。約言之，福慧圓滿無缺，三惑煩惱徹底清除，生死完全度脫，回復本有心體，而獲得一種純善純美的莊嚴解脫，便是涅槃的境界。

世間誤認涅槃是死亡別稱，眞是天大的錯。應知，涅槃乃諸佛歷劫辛苦，積行一切功德的代價，故死並非涅槃。若言死即涅槃，則狗死曰狗涅槃，雞死曰雞涅槃，豈不笑話，再者人死與狗雞同，修行何用？

合全句之意。因爲般若能照見諸法實相，本無所得，所以菩薩依了般若法門修行而能到心無罣礙；由於心無罣礙，所以也沒有恐怖，因而遠離顛倒夢想的妄見，而證得大滅度大解脫的究竟涅槃。

課程告一段後，本班有多位同學必須接受前世回溯治療，而已接受治療的同學必須按時接受心理輔導。輔導過程中，另有繪畫治療輔導和音樂治療輔導，本學期我忙這些時間竟比講心經多。本學期依教育部門規劃，本班回溯治療有：

罪犯前英國女王維多莉亞前世回溯治療

罪犯前英國女王伊莉沙白前世回溯治療

罪犯前美國國務卿萊斯前世回溯治療

罪犯前宋朝秦檜集團謀害岳飛從犯万俟卨前世回溯治療

這些人平時我並不把他們當犯人看待，因爲他們是我的學生，如此冗長的「罪犯頭銜」是行政單位公文書中，法定的稱謂。這四位同學的治療過程，我亦不再描述了，持續爲同學們講心經。

三世諸佛，依般若波羅密多故，得阿耨多羅三藐三菩提！

三世指現在、過去、未來，諸佛是很多佛，同樣都按般若法門修行。阿耨多羅譯爲「無上」，三藐即「正等」，菩提即「正覺」，合之「無上、正等、正覺」。

無上：三覺（自覺、覺他、覺滿）圓滿。

正等：自覺後，有無私平等普遍心行利他工作。

正覺：正確覺悟，離顚倒戲論的一種正智。

「阿耨多羅三藐三菩提」，何不直接譯成「無上正等正覺」（正覺即自覺、正等即覺他、無上即覺圓滿）？因爲是佛陀三覺圓滿之德號，爲表尊重，仍存梵音。合句之意，十萬三方諸佛，在因地中莫不同樣依般若勝妙法門修行，而證得無上正等正覺的圓滿佛果。

故知般若波羅密多，是大神咒，是大明咒，是無上咒，是無等等咒。能除一切苦，真實不虛！

此下是密說般若，先做說明。佛陀說法利生有顯有密，經典中明說道理以示人之修持謂之顯教，不事解釋而加持功用者謂之密教。顯說即經文，密說即咒語，如下文「羯諦、羯諦」。

密說雖不可明示於人，其中有佛菩薩威力加被具秘密功德，極大神力，誠心持誦者自獲不可思議之利，如增長福慧，消滅罪業障等。如此同樣暢達佛陀說法之本懷了，故佛陀說法有顯有密，楞嚴經有楞嚴咒，藥師經有藥師咒，彌陀經有往生咒……

大神咒：神有妙力義，能令受持者，驅除煩惱魔，解脫生死苦。

大明咒：明有照了義，能令受持者，破除衆生痴暗，照見無明虛妄。

無上咒：無上超勝義，能令受持者，直趨無上涅槃，世出世間無有一法過於此。

無等等咒：無等最高義，能令受持者，成就無上菩提，世出世間無有一法等於此。

合句之意，無疑的，般若是一種大神力的咒呀！是一種大光明的咒呀！是一種最高無上的咒呀！是一種超絕無比的咒呀！它的功力能除一切苦，是眞實不虛的事實。

故說般若波羅密多咒，即說咒曰：羯諦羯諦，波羅羯諦，波羅僧羯諦，菩提娑婆訶。

「般若波羅密多咒」是咒的名目，其名目即已說出，功德也明白，應該進而把「咒語」宣說於大衆，好使衆生依咒受持而得解脫。「羯諦……」四句十八字便是咒語，有不可思議功用，行者眞心念誦，自然獲益，乃無解釋之必要。蓋凡一切神咒皆諸佛密語，唯佛與佛方能了了，吾人不必探悉，此在中國、印度皆然。

咒語即不可解釋，亦不該解釋，我等便不解釋。只要一心虔誠持誦，久之自能發生靈感，成就一切不可思議功德，近則身心安寧，消災滅罪，增長智慧。遠則解脫生死煩惱，速證無上菩提。

總結心經，分顯說般若和密說般若二大部份，從「觀自在」起到「三藐三菩提」止，是爲顯說般若文。從「故知般若」起至「菩提娑婆訶」止，是爲密說般若文。

我把心經講完後，又配合輔導部門完成幾位同學的前世回溯治療，並參與完成回溯治療同學的評估作業，第二學年就正式結束。

學年結束前，我和汪仁豪等共八個死黨，有一次聚會。我們研究這年暑假一定要好好走完地球、月球和火星，看看這些地方佛法興盛景況，及人類前途發展情形。還有張衡星（葛麗星Gliese），人類文明應已達相當高程度，因爲最早移民張衡星的，都是一批批人類中最頂尖的人才，太陽系以外的開拓我們都想去參訪。

但後來張委員長告訴我們，她最近因公回陽界，且到了南北極，發現地球的「成、住」已是往昔煙雲，目前更加速向「壞、空」推進，已到「第六次大滅絕」尾聲。整個地球，只剩「北極中國」和「南極各族同盟」，全球總人口不過幾千萬吧！最有能力和勢力者蝟集南北極圈內，無力無勢者只好在圈外自生自滅，其他地方的地底深處也仍有生物存活。

而這時地球南北兩個僅存的政治體，其上層結構領導階層、有力有勢、優秀人才等），似乎都在準備要「棄球」，移民到其他星球（主要月球、火星、張衡星），大家都怕「最後的航機」，一去不回。

至於地球上的佛法又如何呢？張委員長表示，北極中國的六祖寺、白馬寺尚在；南極圈內也有南天寺和南華寺，但似乎也在做結束的打算，多數法師已離開地球。剩下少數法師，他們希望留下安慰那些被遺棄，且最無力無助的心靈。

照張委員長說法，佛法已去了月球和火星，張衡星尚待發展。此種情形，恰似五祖傳法六祖時，惠能大師往南方去，佛法便到南方，高僧大德亦往南方求法。如此說來，我們一行人暑假參訪旅行，地球是不必去，佛法即然不在地球，去走一趟也無多大意義。

所以，我們一行人利用整個暑假，專心參訪了月球和火星兩個世界的文明發展，當然佛法的發展傳揚是重點。最後也到張衡星，人類的高度文明配合外星「智慧體」，可能是宇宙另一種不同於人類的超高度文明誕生地。此三個世界的共通點，是佛法興盛，高僧大德無不期待並努力傳法，使其成爲佛國淨土。這是我們所見此三個世界，在樂觀方面之簡述。

但並非沒有使人憂心之處，據我們深入考察。月球和火星開始建設發展的前面一百多年，各國人民尚能尊守規範，自我克制，政治上採用社會主義，堅持社會公義、正義高於個人利益，於是整個社會：

生產系統：視整體國家社會須要，宏觀調控。

消費節制：節約消費、管控消費。

分配系統：合理與管制分配。

這樣社會個人不能爲所欲爲，不能「只要我喜歡有甚麼不可以！」也不能無限制消費，更不能浪費。一切能源物資都在制約及循環消費的管控中，這是一種和平、有序，但競爭力不很高的社會，因爲每個人富不會太富，窮者亦不會太窮，弱勢者（如老殘等）有國家全力扶助和救濟。

這種社會堅持倫理道德和社會公義是無上價值，因此透過教育和社會系統，把忠孝仁愛信義和平禮義廉恥和公德心，深深根植在每一個人心中。儒家和佛教思想，甚至道家思想，在這種社會各自都有發揮的空間。

很可惜！很可惜！這有序的禮儀社會，這種堅持社會公義、正義和道德的社會，在月球和火星都只推行不到三百年。大約二百年前，以新教倫理思想和進化論爲背景的理念開始流行，按這種理念指導，人類社會出現資本主義和民主政治，大受歡迎，因爲這種社會給人最多的自由，人的欲望幾可無限上綱。尤其以進化論爲理論引導的資本主義，更快速「吃下」廣大地盤，大約到一百五十年前，月球和火星又幾成資本主義社會，民主、人權又成普世價值。

在這樣的社會，倫理道德成爲守舊落伍古物，人活著只是競爭、競爭、競爭……打敗對方，不擇手段，對方不倒下去，我那有機會？

在這樣的社會，只有市場、市場、市場，利潤、利潤、利潤，於是剝削、剝削、剝削，於是整個社會以市場、消費、競爭爲導向：

消費：鼓勵消費、消費，無限制消費。
生產：因無限制消費，刺激了生產、生產……
分配：資本家控制分配通路，對消費者洗腦。

這種社會的最高價值標準，是提高競爭力，是打敗一切對手，是提高利潤，是擴張市場，是建立個人事業王國。贏者通吃，輸者吃屎；勝者稱王，敗者豬狗。於是，富者過者國王般生活，弱老窮者成爲社會中之廢物，任其自生自滅。

大約到一百年前，火星和月球已大致上成爲「民主」社會，政治上推行「民主政治」，經濟上已使整個社會「資本主義化」，基督教再度流行。綜合政治、經濟和宗教，使人類社會徹底的「叢林化」，人回到「生物」狀態，在進化舞台上，競爭、覓食或死亡……

月球和火星被人類以民主政治和資本主義方式，無限制消費」了一百五十年，結果如何？當然表面上看是生產力旺盛，消費力驚人。但據我們在當地的深入考察，包括氣象學家、地質學家等各類科學家研究，發現人類過度消費、污染，火星和月球正在加速其溫室效應，並已啓動月球的「第二次大滅絕」，及火星的「第三次大滅絕」，且已是「不可逆」的趨勢。

呀！月球的第二次，火星的第三次，這麼說它們之前已有文明產生而又滅絕。其滅絕的原因，可能那時的「生命體」也推行民主政治和資本主義，否則不至於造成整個文明的滅絕。

參訪考察行程結束，我們一行人很快回到無間地獄，但大家心情似乎都不很好。地球「第六次大滅絕」不知要怎麼收尾？難到地球眞要「放棄」所有生命，進行千萬年大休息嗎？現在應也尚有一些生命存活著吧！

月球「第二次大滅絕」又將如何？是所有生命體滅絕，還是月球毀滅？？？或人類又往何處去？爲甚麼佛法不能阻止滅絕的發生？火星「第三次大滅絕」又將如何？

當月球和火星都滅絕了，下一個要滅絕的世界是那一個？鐵定是張衡星吧！這顆由中國東漢大天文學家張衡（字平子，西鄂人，發明渾天儀及地動儀。）發現，美麗的星星，距地球一百九十二兆公里，就是下一個要滅絕的目標嗎？啊！是誰詛咒了誰？

是誰詛咒了台灣島，整個島竟沈沒在大海黑暗深處。

是誰詛咒了五大洲，暖化沙漠化，生物滅絕了。
是誰詛咒了地球，要以第六次大滅絕收場。
是誰詛咒了月球，第二次大滅絕啓動了。
又是誰詛咒了火星，第三次大滅絕竟也啓動了。
張衡星尚未被詛咒……

我們的暑期參訪考察，原本可以寫很多很多的，只是不知爲何？回來後始終沒甚麼心情寫下去，而且一回來就忙著第三學年開始了，更是沒時間動筆啦！

第三學年開始，我上學期講「金剛經」，下學期又講一回「地藏經」。至於班上同學嘛！總有一些變動，有位同學叫李察吉爾，生前是電影明星，問他爲何被判到無間地獄服刑？他說可能中邪了，執著於分裂別國族群，願意承擔罪過，汝子可教！

日子在平靜中度過，除了上課，帶學生參加各種法會、心理治療、前世回溯治療及詩歌音樂課等，第三學年也很快過了，並無值得大書特書之處。

隨著學期的結束，一件我等八位好友期待的事，也是引起心動的事，是我們的「中陰身」身份也將結束，之後是隨「業」轉世投胎？或往何處去？

學期結束前二日有件很意外，事前皆無任何訊息，有一場簡單而隆重的三皈儀式，名單中我看見有陳□扁、游□堃、呂□蓮、明治（前倭奴國主）等。可喜的，我班上在儀式前一刻，竟也有歐巴馬、老布希、維多莉亞、万俟卨、李□輝等五位，請求皈依三寶。

皈依儀式在「鹿子母講堂」舉行，六祖惠能大師親自主法，許多高僧參與見證，我班有五位皈依，我亦前往參加觀禮……

「我陳□扁（游□堃……），盡一切壽皈依佛，盡一切壽皈依法，盡一切壽皈依僧。」（三遍）

……

50 觀音顯像說大未來　離六道往極樂世界

當我們在無間地獄教席結束，停留數日後地藏菩薩接見我等八人，張委員亦在場坐陪，祝我等任務圓滿完成。地藏菩薩說：

「汝等在地獄講學說法，實乃千載難逢之良緣，也是業感流轉之結果，非任何神佛所能操控。」

最後蔡麗美問：「但不知我等將往何處去？」

地藏菩薩和張美麗露出神秘的微笑，說時遲卻也快，眼前的場景瞬間已在流轉，成一片虛空，又幻化成一片山水小溪，有停臺樓閣，幽篁蒼翠，正尋思這是何方？眾人幾已異口同聲說：「啊！紫竹林，普陀山，是觀世音菩薩道場……」

「善哉！善哉！歡迎各位。」眾人聲音才落，眼前虛空上方升起一朵蓮花，觀音菩薩端坐其上說著。

「拜見菩薩！」眾人一起下跪禮敬。

「免禮！請起！」菩薩說著，移駕到我們前面，與我等面對，「你們辛苦了六百多年，此乃良緣。」

我首先發問：「普陀山在中國，地球世界似已壞空，現在吾人身處何地？」

「十方三界處處有普陀山，這裡是你們八人心識共同構建示現的西方極樂世界普陀山，也就是你們現在的心境，了解嗎？」

「了解。」眾人齊聲。

安安接下說：「我等八人和地球中國有深厚的因緣，地球雖面臨壞空，乃至滅絕，但那裡終究還有很多眾生，我們也牽掛著他們，不知那些僅存的眾生將會怎樣？」

「你們看！」當安安說完，菩薩叫我們看，眾人眼前出現上下兩個螢幕，在山洞、地洞人類生活著，天空是沈沈重重的灰黑……啊！這是何樣的世界？？？

菩薩說明道：「按陽界地球年代，現在已快到二十九世紀。」沈思片刻，「嗯，是公元二七八〇年春分日，但現在沒有春天了，因近三十年來有兩次核戰，火星和月球的人類聯合攻打地球，南北極僅存的科技、知識、人才，全被劫走一空，南北極雖存有少數人類，但他們只能過著原始生活，地球上資源多已受到嚴重污染。」

菩薩說著，但大家心情沈重，尹月芬問說：

「地球南北極到底有多少人生活著，他們未來怎麼辦？誰來救他們？」

菩薩道：「南極約數十萬，北極多一點，他們未來就這樣生活著，靜靜的生活著，再也沒有甚麼威脅了。」

「那樣也好。」衆人齊說。

菩薩又說：「但因環境已受到破壞，男性不出數代後會先滅絕。」

「爲甚麼？」衆人驚恐問

「你們應知生物學的常識，男性基因組中必須有一個Ｙ染色體，其上有一種叫賜阿威ＳＲＹ基因，才能創造出男性的特徵。久遠以前，每個Ｙ染色體上約有一千四百個基因，目前只剩四十五個。核污染或廢料輻射及劣質環境等，會使這種基因加速消失，按此速度推算，幾代或百餘年，地球上僅存的男性人類將完全滅絕。」菩薩心平氣和說著。

……啊！……驚訝、沈默……

然後是衆人的驚叫：「男人沒了，只剩女人……」

「是啊！」菩薩答，又補充說：「沒有組成Y染色體重要基因的男性，也並非突然就滅絕了，還會隨緣演化成另一種動物，很可能像嚙齒類動物，沒有賜阿威也能繁衍，但那已不是人類了。」

眾人又是一驚，「啊啊！男生變成嚙齒類動物，那女生呢？」

「差不多是這樣。」菩薩說。

眾人又問：「那月球、火星上的人類呢？」

「不久後也都步地球的後塵，成住壞空乃宇宙間的眞理，本來也不足爲怪。」

眾人沈默，是呀！成住壞空嘛！一切都沒有永恆的！

我又好奇問菩薩：「人類之後，何種生物主宰地球？」汪仁豪也問：「是呀！還有沒有智慧生物？」

菩薩道：「人類消失後，地球開始進行千萬年大休息，此期間可能是狒狒在地球上稱王，大約一億年後地球各洲大陸合併成一塊超大陸塊，將演化出新文明和新的智慧生物，但不久也再度毀滅，這是眞理。」

此時眾人聽的津津有味，燕京山也忍不住問：「地球上的文明一直在生滅輪迴，地球本身的生滅輪迴又如何？」

菩薩說：「這是很久以後的事，幾十億年後，但我仍略知。地球未來若非與金星相撞毀滅，便是被太陽吃掉而壽終。」

「願聞其詳。」眾人說。

按菩薩預測，大約三十多億年後，太陽成爲一顆紅巨星，開始呑食附近星球，水星首先被吃掉。造成引力失衡，使金星和地球距離太近，若不相撞而毀，也因引力而雙雙破裂爆炸，也是滅。

就算地球、金星都沒事，也因太陽燃燒殆盡，膨脹成危險的「紅巨人」，附近星球都會被呑噬，難逃毀滅。

眾人都沈默、沈默……

「那裡是永恆不滅的？」吳淑臻嘆一口氣輕說。

蘇眞長也說：「我也不想回陽界當人，也不想再墮六道輪迴，受甚麼八苦！」

眾人此時竟不約而同跪下向菩薩求情：「求菩薩救度，讓我等永住極樂世界。」

菩薩慈悲說：「各位請，按照你們因緣、修持、功德，隨業識便往西方極樂世界去，我沒幫甚麼忙！」

眾人高興謝恩，觀世音菩薩說：「去吧！」即從虛空中消失，而我們已嚴然在極樂世界。

～全書完～

本書作者重要著編譯作品及購買方法

編號	書名	出版者	定價	備註（性質）
1	國家安全與情治機關的弔詭	幼獅	200	軍訓國防通識參考書
2	決戰閏八月：中共武力犯台研究	大人物	250	國防、軍事、戰略
3	防衛大台灣：台海安全與三軍戰略大佈局	大人物	350	國防、軍事、戰略
4	非常傳銷學（與范揚松合著）	大人物	250	直銷教材
5	孫子實戰經驗研究：孫武怎樣親自險證「十三篇」	黎明	290	孫子兵法研究
6	解開兩岸 10 大弔詭	黎明	280	兩岸關係
7	大陸政策與兩岸關係	黎明	290	（同上）
8	從地獄歸來：愛倫坡（Edgar Allan poe）小說選	慧明	200	翻譯小說
9	尋找一座山：陳福成創作集	慧明	260	現代詩
10	軍事研究概論（與洪松輝等合著）	全華	250	軍訓國防通識參考書
11	國防通識（高中、職一二年級共四冊）學生課本	龍騰	時價	部頒教科書
12	國防通識（高中、職一二年級共四冊）教師用書	龍騰	時價	部頒教科書
13	五十不惑：一個軍校生的半生塵影	時英出版社	300	我的前傳
14	國家安全與戰略關係	時英出版社	300	國安、戰略、研究
15	中國學四部曲 首部曲：中國歷代戰爭新詮	時英出版社	350	戰爭研究
16	中國學四部曲 二部曲：中國政治思想新詮	時英出版社	400	政治思想研究
17	中國學四部曲 三部曲：中國四大兵法家新詮（孫子、吳起、孫臏、孔明）	時英出版社	350	兵法研究
18	中國學四部曲 四部曲：中國近代黨派發展研究新詮	時英出版社	350	政治、黨派研究
19	春秋記實：台灣地區獨派執政的觀察與批判	時英出版社	250	現代詩、政治批判
20	歷史上的三把利刃：部落主義、種族主義、民族主義	時英出版社	250	歷史、人類、學術
21	國家安全論壇（軍訓、國防、通識參考書）	時英出版社	350	國安、民族主義
22	性情世界：陳福成情詩選	時英出版社	300	現代詩、情話
23	新領導與管理實務：新叢林時代領袖群倫的政治智慧	時英出版社	350	特殊環境領導管理，金像獎作品
24	一個軍校生的台大閒情	文史哲出版社	280	閒情・頓悟・啓蒙
25	春秋正義	文史哲出版社	300	春秋、正義、學術
26	頓悟學習	文史哲出版社	260	人生、頓悟、學習
27	公主與王子的夢幻	文史哲出版社	300	書簡、小品、啓蒙
28	幻夢花開一江山（傳統詩風格）	文史哲出版社	200	人生、詩歌、小品
29	奇謀迷情輪迴：被詛咒的島嶼㈠	文史哲出版社	220	政治、奇謀、言情小說
30	春秋圖鑑：回頭看中國近百年史（3600 張圖）	文史哲出版社	時價	3600 張照圖解說
31	春秋詩選（現代詩、政治批判）	文史哲出版社	380	春秋思想、詩歌
32	愛倫坡（恐怖、推理）小說經典新選	文史哲出版社	280	恐怖推理小說
33	迷情奇謀輪迴：進出三界大滅絕㈡	文史哲出版社	220	情色、奇詭、科幻小說
34	迷情奇謀論回：我的中陰身經歷記㈢	文史哲出版社	300	奇詭・輪迴・警世小說
35	南京大屠殺圖相：中國人不能忘的記憶	文史哲出版社	時價	歷史・眞相
36	神劍或屠刀？	文史哲出版社	240	政治・思想・學術研究
37	2008 這一年，我們的良心在那裡？（2000 圖說）	文史哲出版社	時價	人間福報的一年
38	男人和女人的情話眞話	秀威資訊科技公司	時價	兩性生活智慧
39	八方風雨。性情世界	秀威資訊科技公司	時價	現代詩・詩評
40	從皈依到短期出家	秀威資訊科技公司	時價	佛法初體驗
41	赤縣行腳。神州心旅	秀威資訊科技公司	時價	詩・文・神州千年遊蹤

購買方法： 方法 1.全國各書店　方法 2.各出版社
方法 3.郵局劃撥帳號：22590266　戶名：鄭聯臺
方法 4.電腦鍵入關鍵字：博客來網路書店→時英出版社
方法 5.時英出版社　電話：（02）2363-7348　地址：台北市新生南路 3 段 88 號 3 樓之 1
方法 6.文史哲出版社：（02）2351-1028　地址：100 台北市羅斯福路 1 段 72 巷 4 號
方法 7.秀威資訊科技公司　地址：台北市內湖區瑞光路 583 巷 25 號 1F　電話：02-2657-9211